AI俳句とこれまでの俳句

目　次

はじめに …… 6

I 章　俳句、なぜの温習

1－1　俳句という名前と体裁 …… 10
1－2　俳句の骨格構成 …… 13
1－3　季節区分と季語区分の普遍化 …… 15
1－4　なぜ、俳句は5、7、5なの？ …… 18
1－5　切字による俳句骨格構成の確立 …… 23
1－6　俳句温習の成果 …… 25

II 章　AI 時代の俳句の作成過程と享受

2－1　人間頭脳と人工知能（AI）の俳句 …… 28
2－2　なぜから見た俳句 …… 31
2－3　俳句の数景 …… 38

Ⅲ章　AI時代の俳句難解巡り

3－1　古池や蛙飛こむ水の音　……　54

3－2　田1枚うへてたちさる柳かな　……　56

3－3　閑さや岩にしみ入る蝉の声　……　58

3－4　夏草や兵どもの夢の跡　……　59

3－5　荒波や佐渡によこたふ天河　……　59

3－6　旅に病で夢は枯野をかけ廻る　……　60

3－7　白露「も」「を」こぼさぬ萩のうねりかな　……67

Ⅳ章　ＡＩ俳句と人間頭脳俳句との共生

4－1　俳心　……　74

4－2　俳句構成根元から見たＡＩ俳句と人間頭脳俳句との共生　……　75

4－3　ＡＩ俳句と人間頭脳俳句との差異　……　75

ここまでのまとめ　……　79

V章　俳句落柿

1　新横浜駅から京都駅まで　……　120
2　京都駅から新横浜駅まで　……　128

VI章　子規病床訪問

1　[鶏頭]でなければならないわけ　……　140
2　[の]のわけ　……　141
3　[も]のわけ　……　141
4　[十四五本]でなければならないわけ　……　142
5　[ぬべし]のわけ　……　143
6　[本]のわけ　……　143
7　子規病床をみつめて　……　143
まとめ　……　145

おわりに　……　146

はじめに

　俳句は文系主動であります。従って、理系は理屈っぽい風潮により、俳句界は、暗黙知（心理）優位が現状です。けれども、今や人工知能（頭脳）：AIの到来及び、AIに対応する2020年以降の教育・入試の改革等によって、現状が打破され形式知（真理・理系の物数理的思考）の価値観が重視される時代へと突入しました。

　約20～30年前、勤務先の欧米系人の同僚に俳画、俳句、和風書（日本風書）を勤務時間外にボランティアで教えた経験がありました。その同僚達はいわゆる日本語学科の大学・大学院を卒業したエリートでした。

　その際、質問の多くは「なぜ」でした。「なぜ」を解明しないと、稽古は前に進みませんでした。欧米系人の思考（理系主体）は「なぜ」を根底にしていました。日本人には少ない、彼らは体質的に「なぜ」の文化を持っていました。

　本書の内容は、応答時の内容になります。幸か不幸かAIの到来によって、欧米系人からの質問への解答内容「なぜ」は主体制を発揮するようになり、「なぜ」をもってAI時代変革期にはいりました。

　コンピュータ、スマホ等の発達普及による世の中の変革と同様にAIの世の中への進展変革は、目前に迫っています。

　例えば、2017年カリフォルニアのAI国際会議において、人間とAIとの「早押しクイズ大会が行なわれ、日本から参加したスタジオ・ウーシアのAIは、50チームのAI同士の戦いに勝ち、名だたるクイズ王6人組と対戦し、37：19の正解で勝ちました。AIが勝ったのです。故事来歴（誰が、どこで、何を、いつ、いかに、どの位、何々によって）のクイズ内容では、AI有利の時代になりました。

　問題の言葉と文法を正確に理解し、問題文の途中でいち早く答えを予測する能力がないと早押しクイズでは勝てません。故事来歴の分野は、AI担当の時代になってしまったのです。AIは指数関数的な勢いで能力を高めています。

　残りの有力な人間の頭脳の出番は、「なぜ」（創造、考え方）の分野になります。分野への対応としては、自ら問題を発見し正解のない問題に考え方を見つけ出して解明することが大切になります。「自考力の重要性」が増してきました。

　当然、俳句界へも変革の波が押し寄せることになります。押しよせる波への対応としまして、人間頭脳特有の「なぜ」の1端になるのが本書であると思います。

　否応なしに文系主体から、「文系＋理系」へと変革する俳句界の変身が想定されます。文系主体から「文系＋理系」への変心ですから、前例のない内容になりますので、質問・応答と自問自答の形態をとり、「なぜ」への関心と興味を図りました。

　俳句（短詩）の系統は、①日本国人間頭脳俳句（日本風土に培われた頭脳から生まれる俳句）、②世界で俳句としてつくられている詩、

③AI俳句の3つになります。俳句の規範を確立しないと、俳句という言語記号が疎んじられ、俳句なのか短詩なのかの境界がぼやけて、俳句の存在価値が衰えます。

　AI時代になり①と③の競合をどう対応するか、①と②の意思疎通と俳句規範をどうするか、②と③の兼合をどうするか、②と③の①への影響をどう考えるのかの問題があります。本書では、①と③との兼合対応とし、①を考察します。

　また、身の回りがAIに囲まれて、心が感じにくくなる味気ない世の中の到来に対して、人情の温もりも大切にしてきかなければらりません。そこで、図表等は手書きに託しながら、本文については時折、紙芝居風にしてあります。

I章

俳句、なぜの温習

1－1　俳句という名前と体裁

　俳句という名前は、どうして出てきたのでしょうか。
　鎌倉時代頃から連句という詩が出てきて、連句の最初の頭に発句という名前の詩があって、その形体から発句だけ断切り、独立させ俳句と称することを正岡子規が提唱したのが始まりと言われています。ですから、発句の規範が残っているのが俳句です。江戸時代頃には俳諧とも呼ばれていました。
　そうしますと、俳句は発句の規範を残した自主独立の詩であるといえるんですね。
　そうです。発句の規範を受けついだ自主独立（自主自尊）の詩なのです。子規が提唱する俳句の核心は自主独立の詩なのです。
　それでは、俳句の名前は、俳諧の俳と発句の句と合わせて俳句になったといってもよいのでしょうか。そこのところは残念ながら、子規にきいてみないとわからないのが実情です。
　それでは俳句の名前は、固有名詞の根元になりませんがどうですか。
　俳句の名詞化は、多数の方々が詩の名前を俳句でよいと肯定しているので、俳句ですと思うほかないのが実情です。まあそんなところで、俳句という名前を是認してください。
　どうも腑におちませんが何か、うならせるような理屈らしい話はありませんか、納得のいく理屈らしい話があれば、打ち出した理屈に依拠迎合し是認できそうなんですが。
　そうですね。これでどうですか。俳句構成の基本骨子は、いろは47文字（語音）から17文字（語音）をとり出して俳句にしますから、47と17の組合せになります。組合せは、2193兆4393億2219万2687になります（約200年前　折橋　雄川　計算）。この数を子規は知っていたと思います。富山高校の木下周一先生の計算も同値になります。この数値を語音に相転移すると、
　2193：フイクサン、4393：シサクサン。
　2219：フウニイク、2687：フロクヤナになります。この語音を文字に相転移すると、
　風意句さん、思索さん、風にいく、付録やな
となりますから、風意句になると思いませんか。
　風意句では俳句の名前にならないではありませんか。
　そうです俳句の名前になりません。

それでは、無駄な考えになるだけではありませんか。

　そうですね、それでは、フは、ハヒフヘホのハ行の中間になることに注目してください。同じ語音でも、例えば、あい：哀、埃、隘、愛、曖、相、間、鮎、藍、等で限定しても9になります。

　としますと、単純に考えても、47、17、9の組合わせになりますから数値は増大し無限大に近づきますので、フの始りであるハをハ＞フとして、やりくりしなんとか辻褄を合わせ、ハイク＞フイク：故に俳句としてもらえませんか。

　なんだか誤魔化されたようで肯定できません。

　それでは、これを追加しましょう、例えば、ハヒフヘホという連句があったとしますと、ハは発句になりますね。連句から発句を切断したのですから、ハは独立しますね。ハが独立したのですから、ハは主体になりますね。発句のホは連句の最後ですから、ホは当然なくなりますね。フイクのフもなくなり、ヒは非又は否ですから、ハの語音だけ残りますね。よって、風意句でなく、俳句になることが必然になります。

　同じように誤魔化されたようで肯定できませんね。

　俳諧の俳、発句の句の俳句論と発句の切断の3つによってやむを得ず俳句の名前を是認していただけますか。

　屁理屈はわかりましたけれどもどうもなあ……。

　そうだ、3つの論のほかに変った語ですが、ハイクの語音は、俳句＝肺苦に転移し、子規＝死期に転移します。この語音転移は、人の心情の意志決定に重要な重さを占めていると思うのですがどうでしょうか、子規は肺結核を患っていたのです。

　うまい誘導を出してきましたね。叙景と情景が詩の根本ですから、ハイクとシキの屁理屈の努力を可として、俳句の名前を是認してもよさそうになりました。

　やっと俳句が認知されそうですね。

　それにしても、誤魔化された思いは、一般的に正反の手法、または置換の方法をとっているのに対し、誤魔化したと感じられる手法は、数字の名前を語音の名前に替え、また同語音の中の語音を異った文字に替えるという相転移の手法をとって分析しているからだと思います。

　相転移手法は、叙景と情景とを融合させる際に使うと便利なんですよ。例えば、中学生のときに教わった素数と合成数の関係を思い出してください。素数は、自分自身の数で自分自身を割ることはできますが、ほかの数では割ることのできない数値特性を持っています。ほかの数値で割ることができませんから、素数は自主独立の特性と主体制の確立の特性を持っていることになります。

さらに素数は、素数の倍数によって合成数を発生させる能力を持っていますから、数の土台（基礎）になりますので、規範になる特性を持っています。合成数は素数によってつくり出される数値になりますから、合成数は素数に依存、迎合する特性を持っていることになります（擬人化、素数、合成数を人に見立て、特性を判定すること）。

　素数と合成数との特性を明確に区分した素数と合成数は、叙景と敍景を融合する場合の有力な道具になることを認めてください（先人は経験知として体内に宿していた）。

　素数の自主独立と連句から切断した発句（短詩）とは、相似し同格（自主独立）になりますね。それぞれの特性の同格内容からみて、短詩の名前は、俳句が適切であると言えます。

　いろはの「は」の出番は3、ほ：5、へ：6、ふ41、ひ：43になります。「は」：素数にして3番ですから、は採用となり、はいく＝俳句になります。

　そうだ、これがありました。決勝打になります。

　子規：4季です。4季は春、夏、秋、冬：ハル、ナツ、アキ、フユになります。ハが筆頭になりますね。フが殿（しんがり）になりになりますね。ハとフでは、ハが優先になりますね。アイウエオのアとハを組合わせるとハアですね。ハアのアの次はイですね。ハアイ＝ハイ（語音）＝ハイですね。これでハイ＝俳ですね。俳句の名前になりますね。

　はい＝肯定の語音ですね。はい＝わかったことになりますね。

　子規が好んだ野球では、ホームランが醍醐味になり、ホは発句のホであり、決定打になりますから、ハヒフヘホのハは筆頭重鎮になりますのでハに重みが生じ、ハの俳句が重要な文字（語音）になり、俳句に軍配があがります。

　これで納得されたでしょうか。

　屁理屈並べの努力に免じて、同意しましょう。

　これでやっと前に進めます。

　実は、屁理屈を述べた本当の狙いは、AI時代の人間頭脳が対象とするすべての事象事物に対しては、多方面を包含して思考することが肝要であり、多方面からの思考は、AIと人間頭脳との差別化の具現になるとのことを伝えたかったのです。

　段どり8分ということですか。これから本番です。

1－2　俳句の骨格構成

　俳句という最初の言葉は、正岡子規（28歳）が「俳廻大要」新聞『日本』に連裁登場しています。子規とは「ホトトギス」のこと、ホトトギスは、8008声鳴いて血を吐くとも言われています。
　そうか、子規はホトトギスか、1-1と関係が深いのですね。
　そうです。子規：4季になりますね。4季（季語）の必要性について考えたことがありますか。季語は規範（約束ごと）で、決まっているから、俳句に季語を組込んでいるとか、あるいは俳句界の有力者の中には、季語を地名にし季語を解消する案、座の文学として「座」案を提唱しています。
　このようなことから、4季は主体制を欠き、俳句の本質である自主独立から逸脱して、確信が揺らいでいるようです。
　俳句とは何か、特に俳句成立の特質は何かを確立しておかないと確信が保持できません。特質の絶対化は、生きていること、生きているから、作句、享受ができるのです。
　生きる環境は、①天地事象爲の恵み、②計数爲、③人爲の3者になります。3者の環境の中において、俳句が成立しますから、俳句は、①、②、③の結合現象の最短自主独立詩であるといえます。
　4季：子規：死期の因果関係によって、4季の絶対性を表現することになります。表現順位は、①＞②＞③（生かされている事実から）になります。③＞②＞①の考え方は不当であり、思い上りになりますので作句資格は不在になるといえます。①、②、③の詳細は、後述において明らかになります。

4季の絶対と必須要件

　作句・享受をすることができるのは、生きているからですね。生きていることに感謝しなければなりません。
　誰に感謝しろと言うのですか？
　すべてに感謝しなければなりませんけれど、感謝の主対象は、大陽と地球ですね。大陽と地球は、必須要件になりますね。人々は、地球表面上に生まれ生きています。地球表面の根元は、3点を3直線で結ぶことによって、成立しますね。これは、屁理屈ではありません、真理です。
　例えば、土地の登記は、3点を3直線で結ぶことによって明確（絶対）面になり、権利の根元になります。

難しいことを言い出したけれど、それが何なんですか。

　よくぞ話にのってくださいました。大陽1点と地表面3点計4点の中に人々は、生きていることを確認したかったのです。4点を忘れないでください。

　地球は斜軸をもって大陽の周囲を回っていますから、夏と冬そして中間に秋と春が生まれますね。

　それくらいは誰でも知っていますよ、それがどうしたと言うのです。

　やっと、4季の必須要件の説明にはいることができました。1度目を閉じてください。

　4点によって生きているありがたさと、春、夏、秋、冬の4つの季節変化に人々は、生かされているという崇高な環境とを大切にする感情がなければ、叙景、情景を詠む詩は成立しないということに気がついたでしょうか。目的遂行の手段として4点をないがしろにした心情では、いかに文学に秀でていると言えども、俳句の作句、選句、添削、評論は不適になります。

　要約しますと、生命を維持している不変の4点、4季の変化をないがしろにできないということです。

　不変の中にあって、変化の対象を詩の中にいれて規範としなければならないということです（参考図・大陽と地球面（3点）による季節変化参照・83ページ）。

　4季は自主独立の最短詩の根元骨格になり、ほかの規範格の上に位置しますから、季語のない詩は俳句ではありません。季語のない句は、標語、川柳、格言として享受することになります（拙著『俳画のこころ』日貿出版社・1986年参照）。

　不変の中にあって、変化現象の根元となるのが季語なのですね。

　大切な季語を誰が決めて、誰が認めて、一般通念として普及するのですか。誰かが季語を確立しませんと、季語は不確実になり信用されません。

　よい質問ですね。これが難しいのです。誰かの誰かが判明しないのです。次項でできるだけ私案をもって解説しましょう。

1－3　季節区分と季語区分の普遍化

(1)　季語の整合律し

　日本では昔から4季（春、夏、秋、冬）を大切にしていましたから、4季を季語にしました。1見1聞誰もが納得し、当然視してきましたけれど、4季の境界は自然現象ですからはっきりと区分することはできません。

　4季区分は人がつくり出したというあやふやさがあります。さらには、旧暦（月の運動）と新暦（大陽と地球運動）とによって、季節感の変移が絡み合って複雑さを増しています。季節区分感と季節感の変移（異）によって、季語は厄介視されているのが現状です。誰が決めるのかと厄介視の異質とを1諸にしますと、いよいよ複雑多岐になります。

　まず、厄介視について述べます。

　厄介視を解く方法は、4季の①形式知（物理、数学、生物、地理等）の考え方によって区分する。②具体的事実によって区分する。③：①と②の季節によって旧暦と新旧を統合し区分する。④統1季語をもって学校教育を行ない普遍化する。⑤共通普遍化によって俳句の社中、選考、評論、添削、享受等を整合律する。①～⑤をもって、以心伝心（無言実行）から有言実行に変更することによって厄介視はなくなるでしょう。

　またややこしいことを言い出しましたね。

　我慢、我慢してしてください。だんだんと明りが見えてきますから。

(2)　4季区分の普遍化と感作

　(1)において述べた季語の普遍化は、言うはやすく行ないは難し、100論、100説（暗黙知）となり、共通普遍化は願望の域にとどまっているというのが現実です。

　そこで共通普遍化のため、形式知による絶対化の補完が必要になります。補完の方法は、大陽と地球の動きに依存している生活において、体感する事象をもって対応することが賢明であるといえます。

　顕著な体感は、①大陽と月と地球とが1直線になり、地球の遠心力が加わっておこる春彼岸頃の潮の干満。②真西に沈む大陽。③昼夜等分。④暑さ寒さも彼岸までの諺の実感になります。①～④は、春分であり、関係ある事実になりますので、誰もが認める起（基）点、または区切点になります。

誰もが認める起（基）点又は区切点をもって、季節を決めれば、季節の季語が明確になります。

なるほど、それなら誰も文句を言えない方法ですね。

彼岸は、春の彼岸3月、秋の彼岸9月の20日～23日頃になりますから、新暦の3月春分彼岸～6月20～23日頃まで春。6月20～23日頃～9月20～23日頃まで夏。9月20～23日～12月20～23日頃まで秋。12月20～23日～3月春分彼岸まで冬と区切ることによって厄介な季語懸案事項は解決します（図1・俳句歳時記（試案）・84ページ参照）。

今までの季語はどうしますか。

歴史的季節季語として大切に扱えばよいでしょう。

わかりました。季語は誰がつくるのですか。誰でもつくれるのですか。

季語は誰でもつくれます。つくれますが、共通普遍の季語は天の声、天の指示・示唆によって認められて1人前になるようです。例えば出版社、結社主宰者、新聞社俳句欄等の有力者等になります。これでどうですか。

初心者にとっては遠いところの話なのですね。

注：17字（語音）に季語を2つ以上入れますと、季語の主従争いとなり集中融合が惚けますので、季語は1つだけになります。

4季区分の妥当性はわかりましたが、4季区分は人々にどんな感情を与えるのですか。

とても深奥な質問ですね。脱線気味になりますが私案をもって説明しましょう。

先人が定め社会生活に占める世界に誇るべき、畳基本寸法（モジュール）＝矩形（短辺1、長辺2）の対角線$\sqrt{5}$＝2.236の有機的相互関係を演算4則（＋、－、×、÷）によって計算しますと。「好感（黄金）数の価値観を表わす」、図2・季節と好感（黄金）数演算4則と5、7、5の回帰連分・85ページ、になります。

畳基本寸法から生まれた好感（黄金）数1.618、または0.618は、自らの1、2、$\sqrt{5}$によって自主独立し、演算4則によって計算を行い回帰連分の姿を成立していますね。

回帰連分とはなんですか。

図2・季節と好感（黄金）数演算4則と5、7、5の回帰連分・85ページを見てください。わかると思いますが、図2から、春、夏、秋、冬は5点をもって回帰連分。5、7、5は3点をもって回帰連分。好感数は演算4則の計算例によって回帰連分します。3者は、回帰連分という事象によって、相似になりますね。

難しいことばかり言っていますが、何を言いたいのですか。

これを言いたいのです。
　太陽を回る地球人の最大の希望は春、夏、秋、冬の回帰連分であり、回帰連分は人に心地よく、好ましく、美しく、安定する生活を与えてくれます。5、7、5は素数の特性をもって自主独立の景姿をもっています。自主独立は主体的行動になりますので、心地よく好ましく、美しく、安定する心地になります。好感数の根元となる畳基本寸法から、好感数は、発生し演算4則によって回帰連分し、かつ直線最適分割点を位置づけますので心地よい、好ましい、美しい、安定を印象づけます。
　よって、4季区分の季語は、5、7、5、好感数と相俟って心地よく、好ましく、美しく、安定する感作を与え、感情に作用します。
　季語は、人間が希望して止まない回帰連分を網羅する機能を持っているのですね。
　そのようなことです。
　俳句における季語の好感の度合はわかりますか。
　そうですね、好感度等という言葉を言い出しますと嫌われますが、AI時代になりましたから避けて通れませんので、項をあらため1例をあげてみましょう。

(3)　4季節区分の好感度

　好感度を計数的に表現する道具として、好感数：1.618が考えられます（細部は拙著『和風美と黄金比』東銀座出版社・2007年参照）。
　季語は、4季節区分の中から生れ整合律しされていますから、季節区分の好感度に左右されます。季節区分は、1季～N季まで考えられますけれど、5、7、5の句形からみて、1～3＜4＞5～7までの範囲になります。
　好感度は、前(2)図2・85ページの好感数計算例から、1.618に近い数値が季節区分の最適値になります。
　1／0＋0／（1＋0）＝∞又は0。2／1＋1／（1＋2）＝2.33。3／2＋2／（1＋2＋3）＝1.83。4／3＋3／（1＋2＋3＋4）＝1、63、5／44／（1＋2＋3＋4＋5）＝1.52。6／5＋5／（1＋2＋3＋4＋5＋6＝1.44。7／6＋6／（1＋2＋3＋4＋5＋6＋7＋＝1.38。1.618に近い値は1.63になりますので、4季節区分が最も好感度の高い季節区分になりますね。
　はい、4季節区分による季語の重要性と季節区分の適切性と問題性が印象づけられました。
　季語はこれにて終ります。

1―4　なぜ、俳句は5、7、5なの？

　なぜなんて聞かれましても答えるのは難しいですね。
　一般的には先人が好むで使い体系化したから5、7、5なのですよ。昔から、5、7、5なのですよ。理屈っぽいことは、文系には不向きですよと言われています。それでも有識者、俳句主宰者は色々と発表しています。
　例えば、「4拍子論」、「漢詩影響」、「標準句論」、「日本詩歌形式論」、「糸車論」、「音数律」、「フーキエール生理学」、「ギュヨーの心理学」等々があります。
　いずれの論も確固たる論証に乏しく、いまいちですね。
　それでは、5、7、5でなくともよいという論も出てきますね。
　そうです。俳句界の大家も、「字余りの句には特別の面白さがある」と言っていますから、5、7、5は確固たる地位を確立できず、あやふやさを漂わせています。
　5、7、5の必要性がそこなわれては、俳句の価値観は低くなりますね。5、7、5を絶対的価値観にする手立てはありませんか。
　1例はありますが、誰も考えたこともない持論なので、少し長くなり脱線気味になりますがよろしいですか。
　お手柔かにお願いします。
　それでは、理系の計数的手法を使って考えます。
　日本語の「名詞」の基本単語は、最も大切で根本の単語を1字（音）としていることが多く、次いで根本の単語の種類で、必要度、関心事の高い単語を2字（音）とし、次に低い単語（音）を3字（音）とし、4字（音）へとして字数（音）を移行しています。
　例えば、穀類では、「実」が根本で、次いで、「こめ」、「むぎ」、「あわ」、「ひえ」、「きび」、「そば」、「まめ」、次いで「あずき」、「だいず」、「もろこし」等になります。
　1字～3字を組合せた字（音）はほかにもあります。助詞はほとんどが1字～3字であり、「ながら」、「ものの」、「ものか」等がありますけれど3字以上は少ないです。
　そう言われてみますと、ほかの「名詞」にもあてはまるようです（数の数えの根元は：ヒフミヨイムナヤクトです）。
　日本国の言葉の基本単語は、1字（語）～3字（語）が多いと気づかれたでしょう。
　熊代信助氏は『日本詩歌の構造とリズム』角川書店において、1字（音）：9％、2字（音）：56％、3字（音）：27％、4字（音）：7％、

5字（音）1%であると述べています。要約しますと1字（音）～3字（音）:92%、4字（音）～5字（音）:8%になります。パーセンテージから見て、1字（音）～3字（音）が主体になりますね。

わかりました。

俳句の分野においても、必用度、関心事の度合の少ない言葉は、採用率が低くかつ確率的にも採用公算は低くなりますね。そこで、俳句の基本単語は、98％の存在例を占めている1～3字（語）を考察の対象にしても、大きな誤りにならないと同意していただけますか。

同意しても大きな間違いはないでしょう。

ありがとうございます。

①同意事項、②俳句は連句の発句を独立させていますから、最短詩でなければならないので最短詩型とします。③物数理学的に見て形の根元は、3点を3線で結ぶ3角形ですね。3角形は、人間が可視できる最小形ですから、3角形を採用します。

事前準備として、表2、作句における数形の組合わせ最適数値の計算（2数連）例・98ページを見てください。

①、②、③は、物数理学からみて、俳句構成型の絶対的要素になりますね。

まあそうなるでしょう。

同意していただけましたので、前に進めます。

俳句構成型は、①の1～3字（語）を③の3角形のそれぞれの頂点に配置し、②の自主独立の特性を持つ素数（2、3、5、7の成立組合わせ）を求めて、決定すればよいことになります（図3・1字から3字までの3点組合わせ構成・86ページ参照）。

1、1、1、= 3。1、2、1 = 4。2、1、2 = 5。1、3、1 = 5。1、3、2 = 6。2、2、2 = 6。2、3、2 = 7。3、1、3 = 7。3、2、3 = 8。3、3、3 = 9。3と4は1組、5は2組（共通数：3、素数：3）、6は2組（6は合成数）（素数：5、共通数：1）、7は（素数：5、共通数：1）、8と9は1組になります。素数：2組は、5と7になりますので、5と7が採用になります。5と7が自主独立の俳句の骨格数値として最適になることに疑念がありますか。

ありません。

さらに5と7とを3点3角形の頂点において組合せて、絞りこみましょう（図3'・5、7の組合わせ構成・86ページ）。俳句最短詩の要件から、5 + 7 + 5 = 17 ＜ 7 + 5 + 7 = 19になりますので、5 + 7 + 5 = 17を採用。決定になります。

なるほど、俳句は、17文字でなければならないことがわかりました。

わかっていただき幸いです。
　5、7、5と5、5、7と7、5、5の並べ方が考えられますけれど、どの並び方がよいと思いますか。
　俳句の上句、中句、下句の並べ方ですね。昔から5、7、5ですから5、7、5です。
　そうです、5、7、5です。その考え方は、AI型答弁ですね。人間頭脳型の答弁を考えてみましょう。
　まず、図4・俳句と長歌、短歌、施頭歌、仏足歌の骨格構成例・87ページを見てください。5、7、5である俳句は回帰輪廻が完結して、自主独立成立（可視化：3角形）になります。5、5、7は回帰輪廻不成立（時間経過）になります。7、5、5は回帰輪廻不成立（時間経過）になります。時間は、可視化できませんから駄目ですね。5、7、5の並び方が最適（可視化）になりますね。
　図を見ても初心者には納得できませんよ。
　そうですか。例えば、3点3角形の天辺を見てください。7が上で下が5の低辺になりますから登って下ってとなり3角形ができます。5、5、7と7、5、5は、3角形になりません。これでどうですか。
　どうやらわかりました、5、7、5の順序にすると人に受け入れやすくなるので、5、7、5でなければならないということですね。
　これで俳句は、5、7、5の順で17の俳句構成によって成立し、自主独立（5、7、5の順序で、5、7、5の3区分、17文字はすべて素数）の詩の姿になりますね。
　そうそう、忘れるところでした。
　7、3、7＝17が考えられますね。すべて素数です。すべて素数ですから、5、7、5と対等になりますよね。7、3、7＝17の詩の骨格構成もあり得ることになります。両者（5、7、5と7、3、7）の優劣をどう考えますか。
　いまさらそんなこと言ったって仕方がないでしょう。
　はいその通りです。素数によって、考えをまとめることが多かったので素数で優劣を決めましょう。
　7－5＝2（素数）。7－3＝4（合成数）ですから、5、7、5が素敵（自主独立）になるので、矢張り、5、7、5になります。
　注：7、3、7は谷になり展望不可。7、7、3は時間経過になり不可。
　これで完全に俳句は5、7、5でなければならないことになります。やっと決着がつきました。
　注：5＋7＋5＝17は、俳句の絶対必要条件になります。

（1） なぜ、俳句は最小にして最大容量表現になるの？
　5、7、5＝17は、最小にして最大の内容を表現する形体であると言われていますが、どうしてそう言えるのですか。
　これはまたよい質問ですね。俳句は最短詩にして最大の表現容量を現出できる骨格構成を持っているという検証をしていませんね。聞きなれない言葉が出てきますが、AI時代に対応する人間頭脳の1部のみせどころになりますのでよろしくお願いします。
　図5・俳句5、7、5と対角線、面積、周長、面周比計算例・88ページを見てください。
　俳句は作句者と享受の両者によって、俳句の価値観が決ります。
　1辺が5の等辺3角形を設けますと、斜辺は、$5^2＋5^2＝50$になり$\sqrt{50}＝7.07$になります。7.07＝7の近似値をとりますと、5、7、5の俳句骨格形体になります。作句者と享受者とを合わせますと、正4角形になります。
　1辺がxの正4角形の面積Aは、$A＝x^2$、周長RはR＝4x、面周PはP＝A／Rの式になります。
　辺の長さをx＋N、x－Nとしますと、Rは1定、AとPは変化します。
　N＝0の場合、A＝5×5＝25、R＝4×5＝20、P＝25／20＝1.25。
　N＝2の場合、A＝7×3＝21、R＝2（7＋3）＝20、P＝21／20＝1.05。Aは25＞21、Pは1.25＞1.05。Nは0（正4角形）、N＝2（矩形）から見て正4角形が最大面積にして最大面周になります。
　これを5、7、5の俳句骨格にあてはめると、俳句は最大表現量を現出する詩であると言えます（Nの±を拡大していくとさらなる顕著な差が出てきます）。
　5、7、5の骨格構成は、作句者、享受者にとって最小文字数にして、最大表現量になる効率性の高い詩になります。
　俳句は効率の高い自主独立の詩であると言えますね。俳句は5、7、5の定型でなければならないことが計算例によってわかりました。
　それでは、他の韻文詩との関係はどうなのですか。
　あなたはだいぶのめりこんできましたね、結構なことです。
　俳句系から離れますので触りだけとし、細部は別の機会にしましょう。図4・俳句と長歌、短歌、施頭歌、仏足歌の骨格構成例・87ページ、図6・時間と形（面積）・89ページの根元を見てください。5と7で組立られるていることに注目してください。

（2）　5、7と韻律の願望
　そういえば、韻文詩という詩は5と7で組立てられていますね、どうしてですか、3、4、6、8、9の組立では駄目なのなのですか。

I章　俳句、なぜの温習

韻文（リズム）がよいから５と７を採用しているとの見解が一般に通用していますが、ではなぜリズムがよいのかについては、知る範囲において誰も述べていませんね。唯一それらしきことが言われているのは、外国の聴問実験の統計結果から、５、７の組立が最適であるとの結果を是としているようです。外国の言葉と日本の言葉は違いますので、あてはまるかどうかわかりませんね。

　日本国らしい解説はありませんか。

　文系主体の俳句界では通用するかどうかわかりませんが、これでどうですか。前述において見ていただいた、「図２・季節と好感（黄金）数演算４則と５、７、５の回帰連分・85ページ」、「図３・１字から３字までの３点組合わせ構成・86ページ」を思いおこしてください。

　５、７、５の回帰連分の万人願望そして、５と７の素数（自主独立、自主自尊）の特性は、人間の尊厳の感情表現を５、７が満す数字という位置づけをもたらします。従いまして、５、７は韻文骨格構成の根元になります。$7-5=2=5-3=2$ だけれど $7-5＞5-3$ だから ５、７採用。

　５、７、は韻律がよいので、５、７によって組立てているのではありません。根元だから韻律よく感じるのです。世界に誇り得る詩の数理的規範になります。

　催眠術にかかったような気もしますが５、７の奥深さがわかった気がします。５、７を発見し日常化した先人は、見事な規範要因を残し立派ですね。頭が下ります。

　ただし、芭蕉時代の連句では、５、７、５の絶対的規範はなかったようです。例えば、芭蕉「馬に寝て残夢月遠し茶のけぶり」は５、８、５。「手にとらば消（きえ）んなみだぞあつき秋の霜」は、８、７、５になります。いずれも合成数であり、17から脱出していますから、数理的には最小詩型から外れるとともに自主独立の詩になりませんので、俳句といえません。

　また「海暮れて鴨の声ほのかに白し」は５、５、７＝17になりますが、５と５の平面から７上に上った型になりますから、形（３角形）にならず時間経過になりますので俳句の型になりません（回帰輪廻不成立）。

　物数理的規範を忘れ疎かにしますと字足らず、字余り、上句、中句、下句の順序不成立でもよいとの珍説が出てきます。偉大な有識者のいうことを鵜呑みにできませんね。

　５、７、５の骨格構成は、尊厳すべき規範であることがわかりました。

1—5　切字による俳句骨格構成の確立

　切字は規範なのか、規範を成立させるための手段なのか、なぜ切字は俳句に必要なのか。切字のない5、7、5は俳句なのか、説明句なのかわからないことがありますけれど、どのように考えたらよいですか。

　切字は難しく、俳句の大家の方々にも色々な考え方があって、総括するのは大変ですね。

　例えば、「子にみやげなき秋の夜の肩ぐるま」。野村登四郎先生の作句に対し、鷹羽狩行先生は、NHK俳壇6月～7月号において、名句の条件として季語の効果の中で名句として採用しています。

　清水杏芽先生は『本当の俳句を求めて』（沖積舎・1995年）において、「切れ」がないから、俳句ではないと言っています。俳句として成立させるとするならば、「なき」を「なし：連体形として、終止形にすべきである（切字になる）と述べています。俳句の大家が名句の条件で、名句として格付けしているのですから、初心者にとっては、切字の取扱いをどうすればよいわからなくなりますね。

　さらには、佐藤郁良先生は『俳句のための文語文法入門』（角川学芸出版・2011年）において、切字とは、①句中に意味上の断絶がある働きがあること。②詠嘆の意味を添えて句を締めくくる働きがあることと、文法上の観点から述べています。

　それでは、切字については、応えられないということですか。

　そうですね。切字は、先人がつくり出した古来からの当然事項であり、切字ありきから、切字を論じていて、切字の本質についてふれていないので、種々なる論説が出てくるのではないでしょうか。

　切字の本質を考える必要がありますね。特にAI時代。

　切字の本質は、5、7、5の回帰転生（輪廻）を実行させるための手段であると考えています。この本質をおろそかにすると整合律しが不完全となり、自主独立（俳句）は完結不十分になります（図7・切字の必要性と俳句成立条件・90ページ。図4・俳句と長歌、短歌、施頭歌、仏足歌の骨格構成1例・87ページ。図6・時間と形（面積）の根元参照・89ページ）。

　もう少し考えてみます。例えば、「早春の見えぬもの降る雑木山」、山田みづえ先生の句について。

　①清水杏芽　先生論によれば、雑木山を修飾しているだけで、俳句ではない（切字なし）。「早春や」にして切字を設けるべきだ、となります。

　②佐藤郁良先生論によれば、中7、下5全体を修飾しているから「の」は軽く切る意識で使用していることになるので、「や」の

強い切字に対し、「軽く切る」の切字になるとし、俳句として認めています。

　①は、3点3線による3角形の可視化（面積）を造り出し回帰転生（輪廻）を表現し、自主独立の詩型（向き→完結）になります。例えば、東向き、西向き。

　②は、「の」の1点と「中7、下5」の1点：2点1線による時間を造り出し、時間内経過を表現する経過完了の詩型（方向：↔時間変位）になります。例えば、東西方向。

　物数理的に見れば、②は俳句ではなく、長歌、短歌に近い型の性格を持つ詩になります（図8・俳句の骨格構成17の隠秘・91ページ、図9・俳句の骨格構成の条件と成立・92ページ、図4・俳句と長歌、短歌、施頭歌、仏足歌の骨格構成例・87ページ）。
理系的思考の矛盾を矛盾としないのが文系であるとすれば、「の」は「軽く切る」の切字になり、向きと方向とのあやふや論になるようです。

　難かしくなってきましたね、結局わからないのですか。

　そうです。俳句界には、色々な切字への関心があるものの、俳界は、群雄割拠で統一案がないようですね。

　結局は、あやふや論に落着くのですか。

　AI時代になって、理系と文系が融合するまでは、文系優先で経過するでしょうから、AI俳句の台風が吹くまではあやふやで、統合律することはないでしょう。

　以上をもちまして、俳句とはの温習を終ります。

1－6 俳句温習の成果

①俳句とは、季語、17文字（語音）、5、7、5文字（語音）、切字の規範に依拠する自主独立の最短詩である。

②AI時代に相応しい文系（心理）と理系（真理）との融合思考に基く作句と享受による人間頭脳俳句とAI俳句との差別化が必要である。

図9・俳句の骨格構成の条件と成立参照・92ページ。

③俳句は、5、7、5の17音とし、季題と切字をよみこんだ詩であるという学校・俳界の教育では、AI時代にのり遅れ、多くの若者は、俳句界に入って来なくなる可能性が考えられます（なぜがないので）。

AI時代においては、俳句の規範がなぜ生れ、確立したのかの根元を形式知的に求め、明確に教育することが大切になります（AI時代ではなぜが考えの主体になりますので）。俳句と連句との差異の確立の例では。

俳句：完全なる素数N：5、7、5：17、自主独立。

連句：素数のn乗：N^n：合成数：依存迎合。

俳句と連句との差異を忘れますと、句に乱れが生じます（例えば、芭蕉辞世の句は、「旅に病で……」と「清瀧や浪に……」とではどちらかの論争：後述参照）。

AIと連句の関係については省略します。

図9・俳句の骨格構成の条件と成立参照・92ページ。

Ⅱ章

AI時代の俳句の作成過程と享受

2—1　人間頭脳と人工知能（AI）の俳句

　AIは、小説まで書くことができると言われていますが、AIは俳句もつくれますか。

　難しい質問ですね、応えられませんが現状です。けれどもつくれる可能性はあります。

　その理由は、第2の人生勤務（約30年前）において、欧米系同僚に休稽時間（約10年間）に俳画、俳句、和風書について教えていたとき、コンピュータで人工的に俳句が作れるかどうか質問を受け、そのときの応えは、計算ノモグラムによってできますと1例を提示したことがあります。

　1例あげますと、ある環境の状態を上句、動詞を中句、名詞を下句に配置してノモグラム―代表（知識型ＡＩ）を作り、それぞれに該項文を設け、直線定規をあてるだけで俳句を生産することができます（表1・一過性の俳句生産ノモグラム一例表（知識型ＡＩ）参照・93ページ）。1例は、正月の俳句ノモグラムです。直線定規をあてがって句をつくってみてください。

　なるほど「郵便に御神酒の香る家の春」、「目出たく明けし」の部分に「供ふ」をいれると、「神棚に目出たく供ふ初荷かな」の句ができますね。

　このようなノモグラムをAIに入れておけば、コンピューターが作句してくれるようになります（知識型AI）。

　昨今、小学教育において、コンピュータプログラミングの教育が行なわれ始め、近々小学生の必修課目になると言われていますから、小学生がAIを使って、俳句をつくり出すことができるようになりますので、AI俳句が現実の姿になり、AI俳句と人間頭脳俳句との優劣が問われることになります。

　なるほど、それでは頭を使うことなく俳句を作れてしまうことになりますね。これからの俳句界はどうなるのですか。

　どうなるのかわかりませんが、こんなことが考えられます。AIは、「いつ」、「どこで」、「誰が」、「何を」、「いかにして」、「どのくらい」の6つについては、深層学習情報の入力累積によって実行可能ですが、なぜ：創造（思考）はできません（前例のないことは、コンピューターに入力できませんから）。

　注：深層学習のAIは、データ駆動型：暗黙知型。

　①知識型ＡＩ：物数理学の公式をＡＩに入力して、出力する考え方（日本では最先端の考え）

　②駆動型ＡＩ：現在、日本で普及語化している一般的ＡＩ（情報入力、出力）

　①と②を区分し、①＋②のＡＩへと世界は進んでいます。

創造（思考）は、人間頭脳だけの持権ですから、特権を生かした作句に重点が指向される俳句界になるかもしれません。いや、なります。
　創造（思考）とは俳句にとって何なのですか、具体的に言ってください。
　俳句にとっての具体的創造（思考）とは、集約しますと2つに別れますね。1つは、物数理現象を基（起）因とし、自主独立を確立すること。2つは、物数理経験による検証と顕彰に努力することです。
　抽象的でわかりません。具体的に説明してください。
　そうですか、これでどうですか。
　1つめは作句者の努力目標、2つめは、享受者の努力目標になります。1つめと2つめが同1的に結合しますと、完全に自主独立する俳句になり創造の俳句になります。AIの俳句は、入力した資料（データ）と俳句と俳句骨格構成操作資料（ソフト）とに依拠した作句になりますので、厳密にいえば創造（思考）の俳句にはなりません。
　AIの俳句は短時間に膨大な量を作句できますから、量的分析能力不足のため創造性のある俳句なのか、創造性のない物知り俳句なのかわからなくなることが懸念されます。
　注：暗黙知AI＋形式知AI＝総合AIになります。
　ということは、俳句の信頼性が揺らぐことになるということですか（例えば、AI作句を個人作句とした場合、AI作句を個人作句として享受する場合）。
　そうです。信頼性を高めるためには、作句者は物数理現象の理解能力をたかめ独自性を保持し、享受者は検証、顕彰の能力を高めることが大切になります。
　そんな難かしいことを並べ立てられてもわかりませんよ、具体的に説いてください。
　AIが作句し始めたらどうなるのかという話ですから、わからないのはあたりまえですよ。
　あたりまえで逃げられたら、今までの話しは無駄になるのではないですか。
　そうですね、失礼しました。あたりまえを避けるためにもう1度、俳句の作成過程について再検討し、検討の過程の中から問題点を探り出して解決の途を求める手法を考えましょう。
　再検討の経過は、図10・俳句誕生と評価の流れ図・94ページによって、解いていきますとわかりやすくなると思います。
　作句者は、2つ（主観と客観）の観方を持ちながら、当該時の4つの感性（個感性、共通感性、物数理感性、環境感性）の素とな

る感性受容器官によって、①対象を感受し→感応し→反応し、感性を内在させ、感性という心情に達します。②感性の心情を出発点として作句活動にはいります。③作句活動の結果を俳句として発表します。④俳句発表に対し享受者が俳句の価値観を評論します。⑤作句者の句作の心情、心状、と享受の価値観の評価とが同１結合した場合、俳句は、１定の優位性を確定し俳句として認められます。

　作句者の俳句は享受者の評価によって確定し、作句者は享受者の評価によって変革し、作句者と享受者とが一体となって融合したときをもって俳句界は発展していくものと思います。AI 時代になりますと、享受者の検証と顕彰の能力如何によっては、AI 俳句は享受者を凌駕してしまう俳句界になってしまうかもしれません。

　夢みたいなこと言っていますね。検証と顕彰の能力向上とは具体的に何なんですか。

　そうですね、例えば、「潮騒の鴨立庵の深緑」は、清水杏芽先生の論から見れば、俳句ではなく深緑の修飾文になります。一方、佐藤郁良先生によれば、「の」には軽い切れの意味があるので俳句になります。この俳句の評の１例では、「鴨立庵は、神奈川県大磯町、大淀三千風が庵を結び、代々俳人が庵主であった。潮騒の中、木々の緑が深い：である」と評しています（読売俳壇、森澄雄選）。

　俳句なのか、俳句でないのか、選に値するかのなぜがありません。このような評の型になりますと、人の作句か AI の作句かわからなくなります。多数の投句から選定していますので、なぜのはいった評を述べること自体無理と思いますが、なぜのはいった評が AI 時代に突入した俳句界にとって必要になるのです（暗黙知 AI ＋ 形式知 AI ＝ 総合 AI）。

　なんだかわけのわからないこと言っていますが、例えば、なぜの具体的事項はありませんか。

　具体的事項は、俳句作句の根元である感性の解明が大切になります（図 10・俳句誕生と評価の流れ図参照・94 ページ）。

　現状の俳句の作句と評価は、いかに表現し作句をするか、いかに評するかの評価が多く、一面的で深味に乏しいようです。

　AI 作句時代になりますと、多面的で深みのある評価に努めませんと作句する人の表現の喜びと苦労が報われなくなり、俳句界は凋落の一途を辿ることになります。

　何だか偉そうなことを言って、一人悦にはいっているようでが、何か集約してわかるようにしてもらえませんか。

　集約はできませんが、有名な俳句に例を求め言いたいことを明らかにしましょう。次の項目を期待してください。それから感性関連については、１冊の本が必要になりますので、次章で骨子だけ述べることにします。

　注：現状の AI は、駆動型 AI が先行しています。

2－2　なぜから見た俳句

1　山路来て

芭蕉作句、伏見から大津に向う山路にて。

「山路来てなにやらゆかしすみ草」についての俳句界大御所の解説では、「なにやら」は不用な気がするけれど、矢張り「なにやら」は興味深く、魅力があって必要かどうかわからないけれど、句は名句の内にはいるのではないかとの説を紙上で見受けます。

なぜ、不用な語音があっても魅力があり、名句にはいるのだろうか。ここが問題になります。

当初の句は、「なんとなくなにやら床し菫草」であったけれど、後で「山路来てなにやらゆかしすみ草」と改めたと言われています。改めた「山路来て」の句について、俳人の西村和子先生は「何やらは」いらないように思えるけれど……、詠まれた前後の文脈があって生きる句ですね……。「すみれ草」の句は名句だった（Y、14、11、11 芭蕉の謎（2）本当に名句なのか）。と述べています。

矢張り「なにやら」が問題のようです。すみれ草の他にかすみ草も考えられますが、原産地がコーカスですから論外になります。

当初の上句①「なんとなく」と改めた②「山路来て」との優劣比べが問題の核心になります。一般的通説では、①は情景主体で俳心が小さい。②は叙景と情景が合一し奥が深いとされ②を可としています。このような優劣比べはAI時代になりますと、AI担当になり人脳から離れます。人脳担当はなぜの物数理解明になります。

そんなことを言っていると、鬼が笑うと冷やかされますよ。

直裁的ですがAI時代の模範回答を狙っていますので聞いてください。

俳句は、自主独立にして上5、中7、下5で17文字（語）の骨格構成ですね。俳句の語音を数値の語音に相転移し数値にしますと数字になり、もしも数字が集って17になったとしたら、俳句の骨格構成の1つになって隠れ秘の2層構造となり、深奥広大にして、無見の可視化現象をもって、人脳に感銘を与えます。

眉唾物ですね。そうかんたんに肯定できませんよ。

それはそうでしょう。誰も考えたことのないことを言っているのですから、この考え方がAI時代において大切なことになりますので、ぜひ聞きいてください（参考・数字語音からみた可、不可計測参照・95ページ）。

ヒ、フ、ミ、ヨ、イ、ム、ナ、ヤ、ク、ト（1、2、3、4、5、6、7、8、9、10 イチ、ニ、サン、シ、ゴ、ロク、シチ、ハチ、ク、ジュウ）の数字語音で数値化（数値語音）しますと。

①ナントナクナニヤラユカシスミレソウ。
　　7　　10 7 9 7 2 8　　　4 3

　細部は、参考　数字語音からみた可、不可計測・95ページ参照。
　注：10＋7は、2連（時間・境界）になりますから、可視化不能になりますので、不採用になります。
②ヤマジキテナニヤラユカシスミレソウ。
　　8 4　　7 2 8　　　4 3

　細部は、参考　数字語音からみた可、不可計測・95ページ参照。
　①は俳句骨格10：9。②は俳句骨格7：7ですから、効率を考えますと10／9＝1.11。7／7＝1。①採用。
　①は俳句数値語音数57＞②は俳句数値語音数36ですか最短詩の特性からみて、②採用。①情景、②情景＋叙景から②採用。採用条件から見て②山路きてなにやらゆかし菫草への改めは理にかなっています。不用ではないかの疑問は、17隠秘2層構造発見によって必要欠くべからざる「なにやら」であることが判明します。
　変った解明ですね。
　このような考えは能楽者の世阿弥が提唱しています。花の公案において、「秘する花を知ること。秘すれば花なり、秘せずば花なるべからず。この分目を知ること、肝要の花なり、……人々の心に思いもしなかったという、珍しさ、喜び、驚き、興奮、感動を与える手立こそが花の公案（工夫、思案）である。
　分目は、創造・思考した隠秘になります。隠秘の出発点はなぜになります。
　注：花の公案の細部3-6参照。
　なぜの具現は、文系では時、処、位の心理の中における自問自答になります。理系では物数理に基く真理の自問自答になります。なぜの具現から見て、「なにやら」は文系と理系の融合による表現になり、「なにやら」は、花の公案の分目に該当し、本句の焦点になります。これで「なにやら」の必要性を認めていただけますか。
　長々の説明努力に免じ認めましょう。
　次は「なんとなく」と「山路きて」ですが、変った解明のほかに、「なんとなくは心理現象であり、「山路きて」は物数理現象＋心理現象になりますので、「山路きて」の方が句意配合が優れているという理由が付加されます。
　「なにやら」の必要性と「なんとなく」の改訂「山路きて」の妥当性の優劣判定との解明は一応成立しました。

②は、俳句骨格構成の17数値語音が7つ隠れていました。7つの隠れは、3点3線に通じる3角形を想起させます。3角形は、形の根元にして自主独立：自律自尊の特性を有し、単純（純粋）ですから、美の根元、力の釣合の根元をもって、無見の可視化現象となって、俳句全体を整合律していますから、俳句の中核となりますので、3つの17 = なにやらとなり、なにやらは、②において、菫草の自主独立：自律自尊の美を決定する語音になります。

　以上のことから、芭蕉は山路において、時、処、位の心理と物数理（真理）との合1の自問自答による句推敲への開眼に至ったのです（文系＋理系）。

　AIは「なにやら」のような奥深い俳句を作ることはできないでしょうね。

　注：3つの17は矢記線3本。

　そうです、できません。人間頭脳俳句とAI俳句との差別化を図るうえにおいて「なにやら」は、大切な教訓になります。

　注：数字数10は依存、迎合、7は1桁で最大素数（自主独立）。

　人間頭脳の俳句づくりが切望されるAI俳句時代は、目の前にぶらさがってきたということですね。

　そうです。

　注：10は合成数ですから、依存迎合になります。

　注：国文法に基く添削推敲は作句表現上の手段であり、花の分目に該当しません（AI担当になります）。

　注：古来からの一般的な数の数え方（栃木市周辺山里）。

・1ヒ、2フ、3ミ、4ヨ、5イ、6ム、7ナ、8ヤ、9ク、10ト。〔根元系〕。
・2ニ、4シ、6ロ、8ヤ、10ト。〔偶数系〕。
・1ヒトツ、2フタツ、3ミッツ、4ヨッツ、5イッツ、6ムッツ、7ナナツ、8ヤッツ、9ココノツ、10トウ。〔会話系〕。
・1いち、2に、3さん、し4（よん）、5ご、6ろく、7しち（なな）、8はち、9く、10じゅう。（桁系）。

　になります。幼児から覚えた地方の語音ですから、ほかの地方の方には通じない場合があるかもしれません。

　落着いたところで、さらに述べたいことがあります。

　何でいまさら言い出すのですか。

　なぜ「山路」になったのですか、「なにやら」との相関関係はどうなりますか、の一般的質問です。

　①17の骨格構成を1つ殖し、隠秘を設けるためですか。

②伏見〜大津の途中に山があったからですか。

①の隠秘を設けるためでしたら、邪道の句意になります。

②の途中に山路があったならば、「なんとなく」ではなく当初から、「山路」にすればよいのではないですか。

①、②の「山路」の説明は成立しませんね。

そう言われればそうですが、目を瞑って見逃すことは、AI時代の到来がなければ取上げることはないのですが、AI対応の1つの考え方として取上げたくなったのです。例えばAIが「浜路きてなにやらゆかし菫草」と作句したとしますと「山路」と「浜路」の俳句の優劣をどうやって決めますか。

「や」と「は」の違いですね。「や」＝8です。「は」≠8ではありません（「はち」＝8）。「は」は、17の骨格構成の隠秘が3つになりますから、「なんとなく」と相似同類になりますので、「浜路」は次等位になります。「山路」が1位です。

よくぞわかっていただきました。立派な回答です。AI時代になりますと、立派な回答は、AI回答になり、人間頭脳回答になりません。

なぜですか。

習得した事柄に帰因して、回答しているからです。

いじめ始めましたね。

そうではありません。「山」と「浜」の違いに気づいていないからです（注意、創造力不十分）。

「山」は高さがあります。ある位置A点〜山にきた場合は上りのB点に達します、やがて下りのC点に到着し、「山路きて」は終了します。B点において上り、下りの向きが変ります（上下交換点）。変換点があるので、垂直面に△ABCが成立します。「浜」は上り下りはありませんから、△ABCは成立せず、A→B→Cの直線になります（向き又は境界）。なんかくどくどしく△ABCについて話しているようですが何を企むでいるのですか。

「山」の△ABCは、俳句骨格構成の△と相似同類の自主独立の特性を持っていると言いたいのです（図6・時間と形（面積）の根元・89ページ参照）。△ABCは、自主独立の特性を持つことによって、17字（語）の俳句骨格構成の隠秘と同様にして、相似同類の隠秘になります。

「山」の△ABCは、Bの高さが零に近づくにつれて、「浜」のA→B→Cの直線に近づきます。要旨を急ぎますと、①△ABCと②A→B→Cとの関係に問題が生じます。①と②の関係問題が「山でなければならない」、または①と②の関係問題の隠秘が認知されていないので、文系用語では「なにやら」となって、「なにやら」は、必要でない、いや必要であるの疑心暗鬼におちいり検証

にならないのです。理系では①と②の関係問題を物数理的に解いて「山」でなければならない。また「なにやら」を△（可視化、最小面）と直線（時間経過の変化）とを関係づけて関係を明らかにし、「なにやら」でなければならない（必要）と検証しています。
　注：AIは検証判断能力はありません。
　なるほど。文系＋理系の思考をもって推敲に推敲を重ね、3つの物数理型の隠秘を内在させた高質な俳句であることがわかりました。AI時代に対応する人間頭脳俳句の見本になりますね。
　わかっていただき長々の話しの甲斐がありました。
　注：①なんとなくは、個人人為に所属する情景（依存迎合）意であり、②山路きては、個人が対象とする移動場所の紋景（自主独立）の意になります。依存迎合を好む方には①が適合し、自主独立を好む方には②が適合します。①②の適合の兼合は、なにやらによって均衡してゆかしに連ります。俳句の特質によれば、②になり、よらなければ、①になります。ここに人間頭脳の出番があります。

2　柿くえば

　「柿くえば鐘がなるなり法隆寺」は、有名な句であります。いや平凡な句であるとの論に対し、軍配はどちらにもあがらないようです。AI俳句時代になりますと、今までのような文系の享受の仕方だけではさらに軍配をあげるのに戸惑うようになります。文系の享受のやり方に、理系の享受を組合わせますと、軍配のあげ方に納得がいくようになります（暗黙知＋形式知）。

(1)　国文法から

　「くえば」は、順接確定条件になります。
　「ば」は、くえの已然形に接続しています。
　順接確定条件は、……ので、……たところ、……すると必ずの意味を表します。
　「鐘がなるなり」は、なるなりの「なり」は連体形で体言（法隆寺）に接続しますから、断定の「である」の意味を接続しますので、文法的には、「柿を喰っていると、法隆寺の鐘がなっている」という平凡な句になります。

(2)　物数理現象から

　「柿くえば鐘がなるなり法隆寺」は文法上同時点の現象になりますから、柿を噛む音の環境と鐘を撞く音の環境とが響き合い互い

に共鳴し合い、音の圧縮と解放を繰り返す相乗効果をもって叙景と情景の句になります。

難かしいこと言っていますが、叙景と情景の具体的な説明はありませんか。

叙景では早壮年山地に囲まれた奈良盆地で、柿を食べる環境と寺の鐘を撞く環境とが物数理現象による空間距離断絶と解放と拡大の境地、そして子規の提唱する発句の自主独立による俳句への変革の境地とが類似する景姿になります。情景では、柿の生命を奪い食べる我が身の得手勝手な罪を法隆寺の鐘が肩替りして引導を渡してくださっている情念の景になります。

(3) 文法と物数理現象から

文法と物数理現象とを合わせますと、子規の提唱する俳句を柿も法隆寺の鐘も益々発展するよう支援してくださっているありがたい秋の奈良であるとの叙景そして心と真の情景の句になります。

(4) 落柿と柿から

風雨（台風）に叩かれ一夜の中に落ちてしまった去来庵の柿は、鐘の引導を受けることもなく生命を断ってしまったという柿に比べ、今食べている柿は引導の鐘を聞きながら生命を断っている。柿も己もなんと幸福なことよ。「柿くえば鐘がなるなり法隆寺」になります。

芭蕉が元禄2年12月、元禄4年18日間滞在したという落柿舎（京都）の柿から、子規の提唱する俳句から生れた柿への移り替りの響と共鳴による変革への発展前兆の証しとを設想した句姿になります。

(5) (1)～(4)の総合から

(1)～(4)を総合すると、柿を噛む音と法隆寺の鐘の音と一夜にして落ちてしまった柿の音とを想い浮べながら、先人の創造した連句の初動発句を断ち切り、自主独立する俳句を提唱する必要性、期待性、可能性を案じ発展を希望する句になります。

なるほど、推考と推敲を深く広く行なうということですね。

そうです。AI時代の人間頭脳俳句は、関係ある事実の究明と経験知に基いて作句、享受をすることです。

注：落柿舎は、向井去来の庵で、風雨に叩かれて柿が一夜の中に落ちてしまった故事にちなんで、落柿舎と名づけたと落柿舎訪問時いただいたパンフレットに述べてありました。当然、子規は由来を知り現存する柿の木を知っていたもの思います（俳句提唱の熱意

からみて)。
注：ちなみに、法：法則1定の道理、手本の意あり。隆：さかんなる（なった）さまの意あり。法隆：1定の道理あり（子規提唱の俳句論）が盛になる意に通じます。としますと法隆寺の鐘の音は最適になります。
　そうか、「柿くえば鐘がなるなり法隆寺」は、子規の句境を表す俳句であり、俳句界の原点になる俳句とも言えますね。

3　3点結（配）合の発見

　1と2からの発見、なぜを秘めた名句がたくさんあります。
　例えば、1の「山路きてなにやらゆかし菫草」は、俳句構成骨格の17が7つ隠れていて、3つの隠れは、3点3線の3角形（無見の可視化現象）になるので奥深い句になると言いましたが、さらに奥深く見てみますと変った発見がでてきます。
　①ある地点から、②山路のある地点にきたところ、③菫草があった。①と②と③は、①と②と③との結合であり、結合現象は、①と②と③まで連分距離そして①と②と③との3点による3角形（面積）の2通りの現象を秘めていますから、2通りの主従関係を決めきれないので、句中に「なにやら」をいれたという隠秘が隠れています。としますと、名句要因の1つは、3点の有機的結合構成による表現であるといえます。
　2の「柿くえば鐘がなるなり法隆寺」は、①作句者、②柿、③鐘の音の3点結合であり、結合現象は、作句者が柿を噛む音と鐘を撞く音との共鳴、響き合いがやがて空間に永続収斂する隠秘になります。
3点は、何かを見つけ出し、3点の有機的結合の如何にを究明し、句の要因とするかがAI時代にとって大切になります。3点の有機的結合の隠秘内在の功績は、名句成立の一要因になります。
　なんだかわけのわからないことを言っていますが、新発見ですか、わかりにくいですね。
　そうですね。このようなことを見聞したことがありませんから新発見でしょう。1点〜4点までの例を見聞していただきますとわかるでしょう。
　1点：「松島やああ松島や松島や」は、1点（松島）の位置の所在だけで名句になりません。珍重句になります。
　2点：「五月雨を集めて早し最上川」は：2点（五月雨、最上川）は時間、早さ、距離になりますから、句意に適合しますので、他意のない納得を促す共通句になります（2点＝時間：T、早さ＝V、集めて＝L、V＝L／T）。
　3点：「五月雨や大河の前に家2軒」は：3点（五月雨、大河、家2軒）は、3点3線の3角形（最小面積型、素数：自主独立の可視化）

の単位になりますから、家2軒の存在地域に限定されていますので、焦点集中を促進して、心配事に適合する句意に有機的結合する名句要因になります。

　4点：「鶯や餅に糞する緑の先」は、4点（鶯、餅、糞、緑の先）は：1つの対角線を共有する3角形が2つ（作句者と鶯）存在し、餅と糞とを媒介として、両者は、結合して1体になります。1体と4（点）の合成数の特性である依存、迎合とが相俟って、損得の心情を奥深い幽玄の境地へと変化する、かるみ、ほそみを感じさせる句になります（かるみ、ほそみ：Ⅴ章・俳句落柿参照）。

　もてはやされる俳句は、どうやら有機的に結合する3点組込みであることになりますね。5点組込みはどうですか

　5点：なかなかみつかりませんが、「蚤虱馬の尿（ばり）する枕もと」：5点（蚤、虱、馬、尿、枕）は、苦痛（－）を－としない－×－＝＋の環境の句意になりますが焦点の定まらない集合句になります。

注：尿前の関（現在の宮城県鳴子町）の作、ばり：動物、しと：人間として区分表現していました。

2－3　俳句の数景

　俳句の世界では、数景（筆者提唱）という言葉を知る範囲において見聞したことがありません。

　日本語の語音の中には、例えば「み」という言葉には、文系的に身、実、巳、魅等の漢字が浮びあがります。俳句界では、①このような漢字が常用されています。

　理系的に「み」は、②数字の3（み）、3（さん）の意味を有します。

　①の中にある「み」を3とし、③3という語音を擬人化し、3の特性をもって俳句の句意に影響（風景、景況）を及ぼすという仕様があります。さらに④3という字を持つ3の数字的特性は、素数（整数）特有の自分自身でしか割り切ることができないという、自主独立：自律自尊の特質を持っているということです。

　俳句の自主独立の形態と素数の自主独立の特性とは、類似性を持ち、数字は、俳句構成の可否に影響を及ぼします（遊談・カーリング参照）。

　どうやらわかりかけたと思っていたのに、またややこしいことを言い出しましたね。

　一般に語られていないこと話していますから難しいと思うのですよ。具体例を見ているうちに慣れてわかるようになります。俳句構成の中にいれる際の数字は、句意の中に奥深い意味を与える隠秘を秘める性格を持っていることに注目してください。

1　1について

(1)　1とは名詞（数詞）

　富安風生先生主宰の句会において、「滝しぶき受けて祈るや1の百合」筆者句が拾われ、喜びの折、先生は「滝しぶき受けて祈るや百合1花」と修正されました。

　1の百合：1つの百合では、1つの百合が滝しぶきを受けて、何やら祈っているように見えるけれど、何を祈っているのだろうか？となり、1人よがりの主観的な表現となり、個人の句として成り立ち、深みに欠け、対象を見詰める目は洗練不十分であるとの要約修正であったと受け止めさせていただきました。

　百合1花：百合1花では、1（共通数）はすべての数に対応し、共通であるという数的共通の特性を持っており、1点は位置を表す物数理的特性を持っていますから、主観表現を経て客観表現に通じますので作句に深みを増し、対象を見（観）つめる目が洗練された句になるとの修正であり、「の」：助詞を削り独立させ名詞とし、単純明快な句姿になったと感銘しています。句会員に1の数景を教えるために拾いあげたものであると反省しきりです。

注：1は、共通数としてすべての数に万能にして集中融合する其（起）因数になります。

(2)　1（ひとつ家に）

　「1家に遊女も寝たり月と萩」の享受は難かしいと言われています。その理由は、①ひとつ家＝1家なのか、②1軒＝1家なのか、③旅籠（はたご）＝1家なのかの中、なぜ1家（ひとつや）になったのか、なぜ係助詞「も」なのか、なぜ格助詞「と」なのか、なぜ「萩と月」なのかの疑問が浮びあがります。

　AI時代のなぜを持ち出しましたね。

　はい。それでは①は家の数、②は1軒の家の様子、③は位置等の語彙が考えられます。①、②、③の中、①と②には、③に属しますから、③が主体になりますので、1つの位置にある家になります。

　そのような気がします。

　次は「に」ですね。「に」は連用格の格助詞になります。次の用語（動詞、形容詞、形容動詞）を修飾しますから、「寝る」を限定しますので「泊る」になります。

　「も」は係助詞で①並列、②添加、③強意を表します。①は遊女と芭蕉、②は芭蕉の泊る家に遊女も又1緒に③は長旅の短き一夜

に偶然か必然か何の因縁でかの強意になります。①、②、③はいずれもあてはまりそうです。

「と」は格助詞で動作、作用の共同者を表します。

「たり」は形容動詞で体言（名詞）に接続する助動詞として月と萩につながり、何々であるという断定の意味になります。

これで厄介な動詞、助詞の意味を通過できました。

さてこれからが問題の鍵になります。

ひとつ家は、1つの家の位置（1点）、芭蕉の旅出発点（1点）、遊女の出発点（1点）、この3点は、3点、3線の3角形（形の根元）になります。ひとつ家（集合点）と芭蕉と遊女とによって、できた3景が俳句の主体になります。3角形の中の「たり」は、月と萩に連接していますから、「月と萩」が解明の対象になります。

月（つき）をほかの漢字に相転移しますと、突く、着く、付くの終止形、連体形の「つき」になります。同様にして、萩（はぎ）は、履く（履物を足につける、穿く（身につける、剥ぐ（めくる、むく）、接（つづり合わせる、合わせる）の終止形、連体形の「はき」または「はぎ」になります。

問題の鍵ではなく国語の問題ではありませんか。

そうかもしれません。AI俳句に対応する布石ですから納得してください。

「ひとつ家……」の一般的な俳句の解釈説明は、例えば、「楚々たる萩にさす庭前の情景をあわれな境涯の田舎遊女と風雅の漂泊を続ける世捨人との邂逅の場にふさわしい背景」としています（芭蕉句集、1962、6、5、岩波店）。これが一般的ですよ。

これならわかりますよ。

AI俳句時代になりますと、一般的な解釈はAI担当になり、これを是としますと人間頭脳はAIに操られることになります。

そんな抽象的なことを言われても頷けません。

そうですかこれでわかるでしょう。人間頭脳解釈では、一般的な解釈＋隠秘の問題発見と問題解明が大切になるということです。隠秘の問題発見の根元は感性になります（図10・俳句誕生と評価の流れ図参照・94ページ）。問題解明の手法の一例は、物数理の原理・原則とその特性そして国文法の活用になります。活用の手段としての一例は、関係ある事実を網羅し流れ図による分析模式（モデル）の成果導入になり（図11・ひとつ家に遊女も寝たり月と萩の分析参照・96ページ）ます。成果活用のあり方としては、相転移の活用です（作句者と享受者の立場を替える）。在り方の努力指向は、隠秘＝分目の発見です。

小難しいことを言っていますけれど考え方のありようですか。

はい。AI俳句時代の人間頭脳の考え方のありようです。

感性は時、処、位の変化によって変化しますので、俳句作句者、享受者の受けとり方は変化を来たします。

「ひとつ家に……」の句は、感性変化との共通本質を詠んだ句になり、感性の変化によって作句と享受の句意の本質は変化し得るという隠秘を込めた句になります。

隠秘を確立するため、数値1（ひとつ）の共通数の特性と相転移法による考え方の充実とを企図しています（図11・ひとつ家に遊女も寝たり月と萩の分析参照・96ページ）。

本句は、人間頭脳の感性変化によって句意が変化するという示唆様相を芭蕉が身をもって開眼した俳句になります。

月（秋）、萩（秋）の2つの季語による焦点惚けをもって感性への注目浮上の表現をする方法も見落さないでください。

数値1にも深い意味があることがわかりました。

感性の細部については、拙著『和風書の原理と具現』（芸術新聞社・2013年参照）。

注：と＝格助詞で、動作、作用の共同を示します。共同＝単独の対になりますから、月と萩は単独対になりますので、2つの季の対になり、季ぼけの季（秋）になります。季重なりではありません。

2　2について

「五月雨や大河の前に家2軒」を例題にします。

「家2軒」の2は、五月雨や大河の前に：採用する数値として、句意に適切かどうか？、1、3、4……Nまでの数の中、なぜ2なのか」という質問（入試）にどう対応しますか。

今度はおどしと試しですか、入試質問となれば昔とった杵柄、ただちに反応できます。

①俳句は、連句の発句から独立したことから、自主独立の性格が絶対条件になります。

②数字の世界における数値2の性格は、偶数、素数、合成数の土台の3つの性格を持っています。偶数：割り切れる、素数：自分自身以外割り切れない。合成数（2の倍数であるから割り切れる）：素数に依存、迎合の特性を持つ。素数：自主独立の特性を持っています。

③五月雨と大河の前に：景況からみて、家へ災害影響を案じる句意になります。

④案じは、災害が起きたら大変だという、家族の方々の心境である。氾濫しないことの念願に帰1し、かつ心情に合1する数値が、

句意に適合する最適数値になるといえます。

　とてもよい反応ですね。その通りです。合格です。

　そんなにほめられるとやる気が出てきます。

　①〜④を集約しますと、複雑な葛藤現象の映（影）像になります。映（影）象の核心は、家が流されない、流（破壊）されるのかの２者になります。流されないは、自主独立（自主健全）、流（破壊）されるは、分断変様（依存・迎合）になります。この葛藤現象の映（影）像に合致する数値特性景によって、数値を決めればよいことになり、数値は最適組込み数値景になります。

　数値景は、①最小値であること。②自主独立であること。③依存・迎合にして割り切ることができることになります。①、②、③に適合する数値特性を持つ数値は、句意の最適組込み数値になりますね。

　はいそうだと思います。

　1は共通数ですから考慮外になります。2は素数（自主独立）にして、偶数を割ることのできる最初の数になります。3は素数ですから、自主独立だけになります。4、5……は同様の考え方を繰り返すだけになります。従いまして、2が葛藤現象の映（影）に合致する数値景になります。2以外の数値は適合しません。

　ゆえに「五月雨や大河の前に家二軒」は、葛藤の映（影）像を数的に見事に表現（隠秘）した句になります。

　いやあ、AI俳句時代に対応する作句、享受の領域にはいってきたと思います。御苦労様でした。

　敍景、情景の他にAI時代になりますと、物数理景も俳句の中に存在感を示すようになるということを脳内に宿しておいてください。

　偉そうなことを言っていますが自分自身での作句はあるのですか。

　微妙は差異ありますがこれで勘弁してください。スイゾウガン検査入院時（1998）の作句です。

「遺書かきて封筒重し夜半涼し」

イショカキテフウトウオモしヨハスズし
5　　　　　2　10　　4 4　　　4

　5 ＋ 4 ＋ 4 ＋ 4 ＝ 17 ＝ イショ ＝ 意思良し又は遺旨良しになり、5 ＋ 2 ＋ 10 ＝ 17。残りは4が3つで：4、3 ＝ 死参になります。俳句骨格17（自主独立）をもって、死に参る達観めいて未練ありの句姿に没入したのです。

　俳句骨格17と数値語音〜漢字語音の内在による隠秘に注目してください。

　なるほど、文系＋理系の表現作句と享受になりますね。

はい。AI俳句時代の人間頭脳の考え方のありようです。

感性は時、処、位の変化によって変化しますので、俳句作句者、享受者の受けとり方は変化を来たします。

「ひとつ家に……」の句は、感性変化との共通本質を詠んだ句になり、感性の変化によって作句と享受の句意の本質は変化し得るという隠秘を込めた句になります。

隠秘を確立するため、数値1（ひとつ）の共通数の特性と相転移法による考え方の充実とを企図しています（図11・ひとつ家に遊女も寝たり月と萩の分析参照・96ページ）。

本句は、人間頭脳の感性変化によって句意が変化するという示唆様相を芭蕉が身をもって開眼した俳句になります。

月（秋）、萩（秋）の2つの季語による焦点惚けをもって感性への注目浮上の表現をする方法も見落さないでください。

数値1にも深い意味があることがわかりました。

感性の細部については、拙著『和風書の原理と具現』（芸術新聞社・2013年参照）。

注：と＝格助詞で、動作、作用の共同を示します。共同＝単独の対になりますから、月と萩は単独対になりますので、2つの季の対になり、季ぼけの季（秋）になります。季重なりではありません。

2　2について

「五月雨や大河の前に家2軒」を例題にします。

「家2軒」の2は、五月雨や大河の前に：採用する数値として、句意に適切かどうか？、1、3、4……Nまでの数の中、なぜ2なのか」という質問（入試）にどう対応しますか。

今度はおどしと試しですか、入試質問となれば昔とった杵柄、ただちに反応できます。

①俳句は、連句の発句から独立したことから、自主独立の性格が絶対条件になります。

②数字の世界における数値2の性格は、偶数、素数、合成数の土台の3つの性格を持っています。偶数：割り切れる、素数：自分自身以外割り切れない。合成数（2の倍数であるから割り切れる）：素数に依存、迎合の特性を持つ。素数：自主独立の特性を持っています。

③五月雨と大河の前に：景況からみて、家へ災害影響を案じる句意になります。

④案じは、災害が起きたら大変だという、家族の方々の心境である。氾濫しないことの念願に帰1し、かつ心情に合1する数値が、

句意に適合する最適数値になるといえます。

とてもよい反応ですね。その通りです。合格です。

そんなにほめられるとやる気が出てきます。

①〜④を集約しますと、複雑な葛藤現象の映（影）像になります。映（影）象の核心は、家が流されない、流（破壊）されるのかの２者になります。流されないは、自主独立（自主健全）、流（破壊）されるは、分断変様（依存・迎合）になります。この葛藤現象の映（影）像に合致する数値特性景によって、数値を決めればよいことになり、数値は最適組込み数値景になります。

数値景は、①最小値であること。②自主独立であること。③依存・迎合にして割り切ることができることになります。①、②、③に適合する数値特性を持つ数値は、句意の最適組込み数値になりますね。

はいそうだと思います。

1は共通数ですから考慮外になります。2は素数（自主独立）にして、偶数を割ることのできる最初の数になります。3は素数ですから、自主独立だけになります。4、5……は同様の考え方を繰り返すだけになります。従いまして、2が葛藤現象の映（影）に合致する数値景になります。2以外の数値は適合しません。

ゆえに「五月雨や大河の前に家二軒」は、葛藤の映（影）像を数的に見事に表現（隠秘）した句になります。

いやあ、AI俳句時代に対応する作句、享受の領域にはいってきたと思います。御苦労様でした。

叙景、情景の他にAI時代になりますと、物数理景も俳句の中に存在感を示すようになるということを脳内に宿しておいてください。

偉そうなことを言っていますが自分自身での作句はあるのですか。

微妙は差異ありますがこれで勘弁してください。スイゾウガン検査入院時（1998）の作句です。

「遺書かきて封筒重し夜半涼し」

イショカキテフウトウオモシヨハスズし
5　　　　2　10　　　4 4　　4

5＋4＋4＋4＝17＝イショ＝意思良し又は遺旨良しになり、5＋2＋10＝17。残りは4が3つで：4、3＝死参になります。俳句骨格17（自主独立）をもって、死に参る達観めいて未練ありの句姿に没入したのです。

俳句骨格17と数値語音〜漢字語音の内在による隠秘に注目してください。

なるほど、文系＋理系の表現作句と享受になりますね。

3　3について

3つの数値組込みは、なかなかみつかりません。

「盃に3つの名をのむこよいかな」

3は①己自身と盃、②盃に映る己、③月下の己の影になり、①と②と③の己をのむでいる独居の侘しさを慰める月夜の情景になります。②と③は、3つの己を表現する数値であって、叙景を深く意味していない自己中心的な3の句の見本になります（自主自尊）。3つは素数ですから、自主独立：自主自尊になりますので、3つは句意に合致する数値になります。4つは合成数ですから、依存、迎合になるので句意に合致しません。

数値組込み合わせの必要性がわかりました。

4　4、5について

「4・5枚の田の展けたる雪間かな」高野素十の句があります。4・5枚の田の展けたる雪間かなを語音（字）に置き換えて探りますと（図16・隠秘17骨格計測例・108ページ、109ページ、110ページ参照）。

「シゴマイノヒラケタルユキマカナ」になります。

　　　4　5　　　1　　　　　　　　7 ＝ 17になります。

17は、俳句構成骨格になります（隠秘：奥行深みの発生）。注：イ＝5は2連区分して共通なので計算外。

上句の4・5枚はシゴマイノ＝5になります。そのほかの2連区分は、5・6＋1＝6〜7になり規範不履行になりますので、4・5枚が俳句構成数として適合します。素十先生はしっかりと俳句規範をきちんと守り、隠秘を密かに組込み深奥を高めた句姿を作句しています。

4・5枚の他の連区数を組み込んだとしますと17になりません（3・4枚：3＋4＋1＋7＝15。5・6枚：5＋6＋1＋7＝19）。

隠秘17骨格の数景に注目を。

5　十四・五について

「鶏頭の十四・五本もありぬべし」は、俳句を提唱した子規の句ですから解明は恐れおおいのですが、敬意を表し深く掘り下げることにします。まず、図12「鶏頭の14・5本もありぬべし・97ページ」の流れ図を見てください。

ある事象事物の明確な解説又は主張をする際において、共通性（普遍性）を呈示する場合の法則としては、①経験知（実体験：原理・原則）。②形式知（物数理：真理）が考えられます。

　暗黙知（暗記、理解：心理）は普遍性に乏しいのです。普遍性が乏しいから芸術だと言う人もいます。

　①は経験の法則として、ある環境下において発生する過程の概念になります。例えば「人間は好き勝手なことしていると、お互いを真似しあう」（ホッファーの法則）。②は専問的な知識を持たない人ほど意見を述べたがる」（ジオヤの理論）：筆者も該当。

　②は因果関係と関係のなさそうな事象事物間の関係を数量化によって科学の法則として連結し一般化しています。例えば「距離Ｌ＝時間Ｔ×速度Ｖ」、「光の波と色彩との関係」等。

　①と②の両者によって誰もが合意でき、一定不変の関係で必然的に結び合い明快に説明、秩序づけることができます。①、②の法則によって、「鶏頭の14・5本もありぬべし」について考察します。

　なんだ、また難しいことを並べ初めたぞ、聴く人の身にもなってくださいよ。

　偉大な人の句ですから拒否、迷想をしないで聞いてください。

　図12「鶏頭の14・5本もありぬべし・97ページ」の流れ図から見て、革新的「名句」（文系：暗黙知（心理）＋理系：形式知（真理））である。いや、駄句（文系：暗黙知（心理）であるの論争になります。名句、駄句の別れ道は、14・5本に対する自主独立の性格を認知確立していない所に原因があります。

　本当ですか、法螺ではないでしょうね。

　法螺ではありません。数学音と文字音の相転移によってわかってきます。AI時代になりますと、案外相転移手法に惑されながら、問題解決を相転移手法に依存することが多くなりますよ。

　もう惑されています。何が何だかわからない。

　自棄にならないでください、わかるようになりますから。

　十四・五＝14・5＝従死期（悟）、死期＝子規、本＝奔、品、風等から何れをとるかは、各人の感性によって変様し、俳句系は子規系又は虚子系になりやがて、群雄割拠系になります（図12・鶏頭の14・5本もありぬべしの流れ図参照・97ページ）。俳句解説放縦の状況を整合律する方法は、形式知による真理追求の努力になります。

　だんだん難しくなってきてもうわからない、駄目だ。

　そうですか、それでは第２の人生勤務先の同僚（欧米系）に約10余年間教えた俳画、俳句、和風書の時に受けた質問への解答例

後述のⅥ章・子規病床訪問を見てください。子規病床訪問は欧米人がわかったのですから、わかると思います。同じような内容ですから。

　AI時代（創造と検証は人間頭脳だけの分野）に突入してしまった現在では、重要な事項になりますので、14・5の数形の妥当性を検証しましょう。
　作句における数形の最適組合（込み）わせについては、俳句例が少く看過され勝ちですから、多分未開発な部分になると思います。
　数形は、古来から慶弔事等において根づいています。
　例えば、7、5、3の数形（素数とか奇数）、慶弔金数形（素数、奇数、偶数）、発会式（素数、奇数、偶数、合成数）があります。
　俳句の数形は、俳句骨格構成の数型5,7,5＝17の素数で形成している（自主独立の特性を持っている）こと、及び連句から断ち切った発句：俳句であることから、自主する形態本質になりますので、自主独立に合致する数値形を組合わせでなければならなくなります（合致しなければ、俳句への適合性が失われます）。自主独立の数形特性を有する数形は、素数になります。
　無限の作句数の数形には素数と合成数（素数の倍数による数値ですから、依存、迎合の数値特性を有しています）が混在していますので、素数と合成数との占める比によって適合性を判定することが妥当になります。自主独立／依存迎合＝素数の数／合成数の数＝Pで判定します。P≧1又はP＜1を判定基準とします。
　P＞1の場合は最適、P＝1適、P＜1不適とします。P＞1の場合でNケの判定をする際は、Nの中で最大の数値を示す数値を採ればよいことになります。
　誤魔化されている気がしますけれど、まあいいでしょう。
　表2・作句における数形の組合わせ最適数値の計算（2数連）例・98ページを見て頂ければわかりますよ、小学生の計算ですから。
　表を見ればそのような感じをしますが、なぜ、2数連の範囲を11〜19にしたのですか。
　よく気づいていただきました。ここのところがAIでなく人間頭脳の価値観に継がることになるのです。
　「〇〇本も」の中句において、7語音の成立は、1桁数では7・8本になります。2桁数値1代では、14、5本になります。
　注：6＋7＝13、7＋8＝15（俳句骨格構成に近い数値を採用）なので、7、8採用。
　2区分優先順位1位は、7＋8＝15、2位は、14＋5＝19になります（図3・1字から3字までの3点組合わせ構成・86ページ参照）。
　表2・作句における数形の組合わせ最適数値の計算（2数連）例・98ページ例では、素数／合成数＝Pによって計算しますと、

14、5本が6／2になりP＝1で最適になります。7、8本のPは、0，75（表と同様にして計算してみてください）で次等になります。以上のことから。

　①7語音では、7、8本：14、5本＝1：1で同じ。
　②2区分節優先順位では、7、8本が1位になります。
　③2数連では、14、5本が最適になります。
　貴方は、①、②、③の中から、7、8本、14、5本のどちらをとりますか。
　どちらをとってよいのか、迷います。では頭を休めます。

遊談　なぜの話

　ギターを抱いて「何でかな」と問題を投げかけ、観客への課題となし観客に考えさせ、課題を解し問題の発見に目を奪ばい、なるほどと観客に同調させ満足感を与える1つの芸能分野があります。分野の問題は、故事来歴の域内にあって、誰も納得する範囲になります。変革の兆しはありません（暗黙知）。

　「なぜ」は、故事来歴に拘ることなく、問題を見つけ課題解決を形式知（物数理）を主体として、追求しますので「何でかな」との思考差異をもたらします。

　我国は「何でかな」、欧米では、「なぜ」に主体をおく思考様相（欧米人との勤務、交遊から）になるようです。AI時代では、「なぜ」の思考様相が大切になります。

　日常時の「なぜ」の1例を挙げます（回答は如何に）と。

1　なぜ素数は自主独立にして数の土台（礎）の特性を持っているの。
2　なぜ合成数は、依存迎合の特性を持っているの。
3　なぜ7、5、3は、お祝の歳になるの。
4　なぜ1週間は、7日なの。
5　なぜ1週間は、日、月、火、水、木、金、土なの。
6　なぜ一般的に土、日は、休日になるの。
7　なぜ2は、すべての数字を割り切ることができるの。

8　なぜ3は、3の倍数以外の数字を割切ることができないの。
9　なぜ2は、偶数と素数の2重数格なの。
10　なぜ成人式の年令は、20歳なの、18歳では。
11　なぜ畳基準寸法（畳モジュール）は、長辺2、短辺1、として我国の基準寸法（C・G・S単位になるまで）として長年にわたって使われたの、畳に座ると落着くといわれるの。
12　なぜ再度募集した、5輪オリンピック、パラリンピックのエンブレムは、整斉と選出されたの。
　　11までを顧みて12の問題を考えてください。

回答1例案
1　①ほかの数値では割ることができない：破ることができない、浸すことができない、変化を迫ることができないから、②素数の倍数によって合成数を作ることができる数の基（土台）になるから。
2　合成数は、素数の倍数によって作られるので、素数次第によって変様するから。
3　①3、5、7は1桁数内の素数、②素数2の等差級数（整斉たる生育）で、自主独立の心体の成長を願望し、祝賀するのに最適な数値だから。
4　①1桁（1桁は桁数の中で共通桁）の数の中で最大素数は7（単位として最適）であるから。②自主独立の回帰転生として基本単位になるから。
5　①光の存在なくして生活はできませんから、明るさの順（人工光を除く）、②人の生活上の拠としての力量（諸エネルギー）を受けとめる順、日（太陽）＞月＞火＞水＞木＞金＞土になるから、③7－2（日と月）＝5、7－5（地球上存在）＝2、5－2＝3すべて素数になるから。
6　回帰転生（連分）の循環の中で始点と終点の連結転移の日だから。
7　1番目の素数で最小倍数の数値だから。
8　2番目の素数だから。
9　2/2＝1で、共通数1をつくることができるから。2/1＝2で、素数になるから。$2^n－1$（nは素数）の場合、n＝2とすると、$2^2－1＝3$の素数をつくることができるら。注：純粋な最小素数は3になります。

10 7、5、3 は、7 + 5 + 3 = 15（合成数）、15 の次の素数は 17（自主独立）、19 は、10 代最後の素数で親から独立し 1 本立ちです。1 本立ちの後の 20 は、合成数（依存迎合）親が子に依存迎合する転換点年令だから（20 は真の自主独立への交替期になります）。

11　畳は、黄金（好感）数 1、618 又は 0、618 を所有する、畳基準寸法（畳モジュール）なのです。

　近年ダビンチコード映画で騒がれた黄金比と比べ、畳の話題提供は皆無の状況で誰も気づいていないようです（見聞の範囲内）。細部について考えます。

　畳自身が黄金比（筆者は好感数と呼んでいます）を持ち、生み出し、1、618 または 0、618 によって、演算 4 則（＋、－、×、÷）のすべての計算を全うし、畳自身の地位を確立しています（ほかの数値ではできません）。畳は、ピラミッド、ミロのヴィーナス、ペルティオン神殿（黄金数を適用しているだけ）よりも話題性において質量が高いのです（黄金数を所有しています）。

　畳基準寸法は、長辺 2、短辺 1、対角線 $\sqrt{5}$ ＝ 2、236 になります。それぞれの寸法の立場を替えて計算をしますと、黄金比 1、618 または 0、618 の演算 4 則の答えになります。$\sqrt{5}$ ＝ 2、236 とします。

$(1 + \sqrt{5})／2$ ＝ 3、236／2 ＝ 1、618。

$(1 - \sqrt{5})／2$ ＝ － 1、236／2 ＝ － 0、618（－は向きを表しますので、向きは不用とし、0、618）。

$(2 + \sqrt{5})／1$ ＝ 4、236／1 ＝ $(1、618)^3$。

$(2 - \sqrt{5})／1$ ＝ － 0、236／1 ＝ $(0、618)^3$。

$(1 + 2)／\sqrt{5}$ ＝ 3／2、236 ＝ 1、342 ＝ ｛1、618／0、618 ＋ $(0、618)^2$｝／（1、618 ＋ 0、618）＝ ｛2、618 ＋ 0、382｝／2、23 ＝ 3／2、236 ＝ 1、34168 ＝ 1、342。

$(1 - 2)／\sqrt{5}$ ＝ － 1／2、236 ＝ － 0、447 ＝（1、618 × 0、618）／－（1、618 ＋ 0、618）＝ 1／－ 2、236 ＝ 0、447。

　計算結果から、2、1、$\sqrt{5}$ の 3 者相互関係は演算 4 則を全うし、1、618 または 0、618 によって、整合律しされ、己れ自身の地位を自分自身で確立しています（自主独立）。注：畳は黄金（好感）数を保有しています。

　自主独立によって、ほかの数値に浸されず且つすべての計算の根元である演算 4 則に抱合されていますので、黄金比（好感数）1、618 または 0、618 は心地よく、好ましく、美しく、安定する数値特性を持っていることになります。畳特性によって畳に座ると落着くのです。

12　選考の理由
　図案者：「45のピース、2つの平等、江戸小紋の表現。
　審査委員長：「多弁、日本人らしさを秘めている」。
　アスリート：「シンプルできれい」。
　国民の声1例：「日本人らしさ、東京らしさがある。との代表例論（暗黙知）によって、エンブレムが誕生しました。
　なぜ、代表例論になったのかの根元追及（形式知）が欠除しています。以下欠除部分をなぜによって、探求します（図表1・五輪エンブレム関連図表参照・113ページ）。
(1)　45のピースの採用
①　1桁内の素数3組の中の大きさの順は、7、5、3になります。
②　7＋5＋3＝15、縦、横、斜の素数3組の数値は、15×3＝45、1＋2＋3…＋9＝45になります。
③　①、②から、3×3＝9の枡が成立します。
④　1、2、3、4、5、6、7、8、9の中心は、5（五輪の意）になります。5を中心とする9枡の中に1～9を入れて、縦、横、斜がすべて15になれば、図案者～国民の声1例の論を共通普遍化する根元になります（図表1・5輪エンブレム関連図表・その1、縦、横、斜の15の枡・113ページ、図表3・9枡の縦、横、斜の15で素数は7、5、3だけ参照・113ページ）。
(2)　エンブレムの骨格根元
①　図表1・その2　円の図案、字型の変形基本・113ページ参照。
②　図表1・その3　2つの円の好感数・113ページ参照。
③　図表1・その4　重力偶力（モーメント）は均衡・113ページ参照。
④　図表1・その5　円の基本形と好感（黄金）数・113ページ参照）。
(3)　○、△、□による骨格構成
○、△、□は、形の根元になり、図案の根元として相応しい形です。
①　○は、1点（位置：中心として、結ばれる半径0～∞の円運動の○平面になり、零から無限大の変化を表す根元になります。
②　△は、3点3線による最小による最小△形にして、可視化可能の平面形の根元になります。
③　□は、△形に1点を加えた最小の容量（体積）にして、可視化可能の立面体の根元になります。

Ⅱ章　AI時代の俳句の作成過程と享受　49

④ ①～③からみて、○、△、□は、形の根元になり図案の根元として、相応しい形になります。
⑤ ①～④によって、エンブレムは、図案の根元によって構成されていることになり、代表論を補完し、共通普遍のエンブレムの表現を促します。
　共通普遍ですから、皆さんは肯定することになります。
(4)　非対象型と対象型
① 5輪オリンピックは参加することに意義があると言われています。意義は、集中融合によって具現化します。非対象型は集中融合を促す構成表現になります（例えば、日本式盆栽の型）。
② パラリンピックは同1条件でGAMESをする前提条件から、対象型(例えば、上下、左右、斜対象：対比分化)によって具現化します。
③ 両者のエンブレムは①、②にそれぞれ具現化に合致する型の構成になりますので、皆様は肯定することになります。
　注：AI時代では、この程度の選考を述べませんとAIと人間頭脳との差別化ができず、選考はAIに依存することになります。
　外国人にもこの程度の選考理由を開陳し共通普遍化を図る必要があるでしょう（真の絆を促すために）。
　本文に戻ります。
　わからないが正解です。7、8本か、14、5本かどちらかであるということはわかりましたね。
　両者であることは、わかりました。
　実は、両者の中から1つだけ決定する要因は、子規の人生環境、子規＝死期（気）の情が追加考察になるのです（AI俳句との相違に注目を）。
　子規は、「死期＝子規は、14、5＞7、8」を念願していたでしょう。
　子規の心情を酌取り、察して、14、5本（歳）を最適にするのが人情でしょう。
　AI時代になりますと、AIに操られないように、形式知によって裏付けされた人情が大切になります。
　AIと人情、なんかの表題のようですね。子規と俳句の表題かも。
　AI時代の人情か。
　「鶏頭の14、5本もありぬべし」は、古くて新らしい叙景、情景、数景を融合する子規の心の在り方なのですね。
　「花見客十四五人は居りぬべし」、「鶏頭の七、八本もありぬべし」とか、「十四五本」と「七八本」と、どこにどう、どれだけの美しさの相違があるのか、勝っているのか、明瞭に断定できるのか等の論争は、形式知（物数理に置換）と暗黙知（心理、心情）の考

え方によって叙景、情景、数景を融合する名句へと肯定できる俳句になり普遍化します（AI時代の人間頭脳価値観の見所になります）。
図12「鶏頭の14、5もありぬべし」の流れ図・97ページを見詰めてください。

　　遊談　（カーリング）
　俳句頭技です。
　「カーリング〇対△にてぞ山をおう」。
　〇対△は何対何ですか？　〇△に数値を入れて、理由を述べてください。
　応えの筋書案内
1　〇対△勝対負になります。
2　できるだけ俳句骨格17文字として俳句に迫りたい。
3　勝つためには自主独立：自主自尊の戦いでなければならない。
4　敗因の根本は依存、迎合での戦いである。
5　素数は自主独立の数値特性を持ち、合成数を作ることができる。
6　合成数は素数に依存、迎合する特性を持っている。
7　語音（文字）を数値に相転移し、同義語として表現したい。
案内例を参考にして、〇対△に数値をいれてください。
注：「おう」との関連によって〇△が入れ替ります。

Ⅲ章
AI時代の俳句難解巡り

3－1　古池や蛙飛こむ水の音

　古池や蛙飛こむ水の音は、1686年芭蕉庵で、20番勝負の「蛙（かわず）合」の巻頭に芭蕉が投句した句です。
　芭蕉生誕地の上野市周辺には、少くとも大小30以上の貯水池があります（1/5万地形図・上野・138ページ参照）。
　地形図による計測では、上野市を囲む木津川堤防において1.8～3％の縦断勾配になります。
　平均2.4％縦断勾配の場合、平常水時においては透明水の流れになります。栃木市北部周辺でも同様です。
　①貯水池には殿様蛙、青蛙が主体で、希には、がま蛙が生息していました。
　②透明水流には河鹿が主体で、希には殿様蛙、青蛙が生息していました。
　③低湿地掘削泥水溜ではがま蛙が主体で、希には殿様蛙、青蛙が生息して生息していました。
　幼少時の見聞、栃木市北部郊外において。
　前座が長いようですが。
　前座の長いのは、幼少時の実体験によって検証しようとしているからです。
　例えば「蛙は何蛙だ」、「庵の近くに古池はあったのか」、「どこの古池で飛こむのか」、「蛙は飛こむではいない」、「蛙の句は虚構だ」等の論説は、裏づけ検証をもたらすなぜの発想が不十分のまま提示しているので諸説が飛交うのです。なぜのない享受は、AI俳句の下敷になってしまう恐れがあります。
　上野市周辺では、地形的に見て①と②の蛙が主体になります。深川、小名木川周辺では低湿地、掘削、盛土地域ですから、③が主体で生息していたと推定できます。
　何か回顧迂回しているようですけれど、何をいいたいのですか。
　①と②の蛙は水に飛込むけれど、③の蛙は飛込まないで（幼少時の見聞と体験：③は、棒で突っついても飛びこまず）4足歩行でずっこけ飛び降りです）。これが言いたかったのです。
　上野市周辺では、「蛙飛込む水の音」は日常であり、深川、小名木川周辺では異常であるということです。
　そんなことを言っても鵜呑にはできません。
　それでは参考図・古池や——の分析組み込み流れ図・100ページと遊談、古老の蛙話を見てください。
　①、②、③、と流れ図から見て、古池の「古」は、上野市周辺の古池の「古」と上野市周辺から江戸に出てきた経年変化の経（ふ）

る＝古とが芭蕉の心底にあって古池とした（山吹ではなく）ものであると言えます。深川、小名木川で詠んだ「古池」は、「経る池」になるのです（生れ故郷の上野市の古池を忍び）。上野市周辺で見聞体験した視聴覚の古池と蛙の記憶が江戸で聴覚として開花したのです。

　この開花によれば、様々な論説を包合する１段上の論点を提供する俳句であると言えます。

　もう１度、「参考図・古池や」・100ページを見てください。

　時間経過（積分）の瞬間（微分）なのですね。

　そうです。古池やの「古」は、古×経る＝（ふる）^{2}のふる＝古の隠秘になります。注：貯水池＝古池です。

　古の隠秘とは重厚ですね。

遊談　古老の蛙話
1　幼少時農家古老の話と実見聞

(1) カエルの語原：蚊、蛾減る：カとガが減る＝カエル。

(2) カワズの語原：蚊、蛾は（わ）いず（いない）＝カワズ。注：カエル＝カへる。

　蛙は蚊、蛾を食べるので、蚊、蛾が減る、いなくなるとのことです。農家の古老は、「蛙さん蛙１生で米１升」の句を教えてくださいました。戦時中の食料不足の折りにも蛙だけは喰べませんでした（実体験、殺蛙禁止）。

(3) カジカの語原：鹿のなき声に似ているので河鹿。河鹿は、石の上でなくので。石蛙と呼ばれています。カジカが水中にとびこむと「ポチャン」という音がします（幼少時見聞）。

(4) ガマ：ヒキ蛙は尾がとれて、４足が生えると水中から陸上に出て、交尾期だけ、静動水に歩いてはいります（とびこむ音は発生しません）。交尾期だけ身体に似合わない優しく柔和な声で「クック……」と鳴きます。

　背中に疣（いぼ）があるので疣蛙とも呼ばれています。触ると疣がうつるから触るなと教えられました。

(5) 殿様蛙は静動水、特に水田に住み、容姿端麗、色彩緑色にして綺麗、縦縞で殿様風の姿です。鳴き声は「ガアガア」ほとんど一晩中喧噪です。どびこむ音は、とびこむ角度によって変ります。「ポン～ペチャン」になります。

(6) 青蛙は殿様蛙と同様な行動です。殿様蛙に比べ小さいので、鳴く音、とびこむ音も小さいです。

2　非農家の古老の話

（1）蛙（かえる）は蛙（かわず）とがま（ひき）の総称でかわずは、河、川に生息するから、河、川の主であるので河、川主（かわず）である。

（2）がま蛙は陸に生息（交尾期だけ水中多し）し、醜悪な身体なので、河、川魔（かわま：がま）＝がま蛙である。

（3）ひき蛙は醜悪だからいみきらい、触ることをきらい避けたくなるので、避忌（ひき）＝ひき蛙になります。注：古老の話は、学術用語と異るかも知れませんが１理あると思いませんか。

幼少時、殿様蛙の前足と肩へ十字紐をかけ、逃げないように紐を持ち、水陸両用の玩具として泳がしたり跳ばしたりしました。疲れたころを見計らって放してやりました。

３－２　田１枚うへてたちさる柳かな

芭蕉の句自画賛「みどころもあれや野分の菊の花」は、俳画と受けとめられます。芭蕉は相当の絵心と書心とを持っていたと思います。例えば、好感（黄金）数頻度19と計測され、好感数頻度だけから見ても、物理数（測量）学に長けていたと思考されます（参考　松尾芭蕉　自画賛　その１好感数による俳画計測参照）（細部は拙著「和『風書の原理と具現』芸術新聞社・2013年、松尾芭蕉自画賛その１、その２・99ページ参照）。

「田１枚」は、１つの画枠（田の畔に囲まれた）になりそして田１枚の画枠は、描写された俳句謎解き提供の主体になります。画枠に秘められた句内容の分析は、俳画、俳句、和風書の稽古時質問を受けた「なぜ」に応えた内容です。Ⅴ章・俳句落柿をもって代替します。

わりました。

Ⅴ章・俳句落柿の表にある、「俳画」は「田１枚うへてたちさる柳かな」の難解な句意の謎解きへの示唆を与えます。

本当ですか。

Ⅴ章・俳句落柿からわかったことにつけ加えますと、「田１枚の画枠」の中に柳影が発生することを肯定していただけたものと思

います。

　注：植へて＝早苗で描き終ってになります。

　田1枚に柳影が年1回毎年発生（描画）することを認めます。

　話しは変って、「郭公の生態は、自分の卵を他の鳥の巣に生み雛の成長を托し願って去り、1年後同様な行為を行ないます（回帰輪廻）。

　芦野の柳影も年1回、田植代搔（たうえしろかき）時だけ現われます（田面柳として）。柳影は早苗植え完了とともに消えて立ち去ります（田面は早苗が占めます）。

　立ち去った柳影は、柳影発祥源の立柳、田甫、田植人等に早苗の生長と豊作を托して去り1年後同様な展開を現わします（回帰輪廻）。

　両者の行為は同類行為になります。同類行為を是としますと、「柳とは、立柳ではなく、毎年、年1回現われる柳影の柳になります」。

　立柳は郭公の生存交替の回帰輪廻と同類の生存源になります。

　これほどに考え享受所見を述べるのは、楽しめないし、癒しにならないし、無駄な努力ではないですか、美文調をもって享受できないのですか。

　そのとおりです。楽しむ程度の自己完結になりたいのですけれど、AIも作句し享受所見を述べる時代になりましたから、人間頭脳とAIとの相対俳句論になりますので、人間頭脳の高質化が望まれるようになるのです。高質化の見本として、この程度までの分析努力と心構えが必要になります。

　分析努力の結果、例えば、「百姓が立ち去った」、「芭蕉が立ち去った」、「柳の精霊が立ち去った」、「季語又は主語2つで焦点ぼけ」等々の享受所見は立去ります。

　柳影の「柳」が立ち去るとともに、すべて（立柳を除き）が立去るのです。当然、柳影の「柳は、柳影の生存源である立柳に早苗の生長と豊作を托して立ち去り、また毎年1回現われるのです（回帰輪廻）。

　比較した郭公も又毎年年1回托卵に現われるのです（回帰輪廻）。

　としますと、「柳」とは立柳ではなく、毎年年1回田面に現われる柳影の「柳」になります。

　V章・俳句落柿の表紙の俳画の答えは、年に1度毎年田面に現われる柳影の「柳」（回帰輪廻）と回帰輪廻を願望（江戸か、伊賀上野か）する芭蕉の心情との融合の束の間の出合と別れになります。

　月日（光陰）は百代の過客にして……の心境ですか。

　そうとも言えます。

3－3　閑さや岩にしみ入る蝉の声

　閑さや（積分）から岩（多孔性凝灰岩）にしみ入る蝉の声（微分）に推移する変換は禅か、哲学かを促す境地になるでしょう。
　またまた難しい理屈を言い出しましたね。
　はい、これが AI 時代の人間頭脳の見せ場になるのです。例えば、「閑さや岩にしみ入る蝉の声」は、俗人を絶した静寂である。と解説したとすれば、この解説は AI 的説明で人間頭脳の説明ではないということです。
　「閑さや」は、すべての事象事物の深閑的実態様相になります（図 16…隠秘骨格 17 計測例・108 ページ参照）。
　実態様相は、①「蝉の声」、②蝉の声を受け入れる岩、③感知する芭蕉の心情の 3 者になります。
　①は世代交替を全うするための喧噪で、喧噪の実態は交尾達成～世代交替の営みまでの輪廻現象（の閑さ）になります。
　②は蝉の声を多孔質の凝灰岩内が永遠に受け入れる閑さになります。
　③は蝉の喧噪を受け入れる、全岩山が閑さの中に入り込んで行く閑さの感知（芭蕉）になります。
　①、②、③から見て、蝉の世代交替の喧噪な声はつきつめていくと閑さになるという、蝉の声喧噪の積分域から閑さの微分域に置換するという稀有広大にして、深奥な閑さになります（図 13・「閑さや岩にしみ入る蝉の声」解明模式・103 ページ参照）。
　色々と並べたてていますが、ひと言で言えばどうなんですか。
　喧噪な蝉の声が音もなく全山の岩にしみこんで行き、喧噪が置換される閑さの感知です。
　置換を要約しますと、喧噪なる世代交替の輪廻行為が凝灰岩の微孔に音もなく包み込まれて行く、天地人（時空重）の一瞬の閑さの感知になります。とことん追求していきますと、蝉の世代交代行為の閑さになります。
　そうか、AI 時代の作句、享受は、深奥広大にして極小な創造が大切とのことですね。
　AI 俳句時代においては、深奥広大にして極小な創造（思考）が少くとも同人、教育者、俳句主催者、俳句選者に対して留意すべき重味になるでしょう。本例はその 1 例です。

3－4　夏草や兵どもの夢の跡

　一般に「兵達の戦いも一場の夢となり、戦いの跡にはただ夏草がしげるだけ」との解説になる傾向があるようです。

　田畠の夏草は小作人にとっては厄介で恨みの種であり、余計な労働になります。反面、山野の夏草は食糧、飼料、肥料になり、小作人に恵を与えてくれます。小作人以外の人の机上考からでは考えもつかない夏草になります。

　幼少時父親を亡くした小作人の子芭蕉の見る夏草はいかなるものであったか、ここが肝心要の着目点で享受解釈の分目になります。

　なるほど、一場の夢だけでは AI 流の解釈だと言いたいのでしょう。

　そうです。だいぶ慣れてきましたね。芭蕉の幼き頃の人生経験から自ずと沸立つ感性を考えますと、様々な夢を持ちながら戦場の培養土と化した兵達の死骸の跡に、やがて冬になれば枯れてしまうか、雪に閉じこめられてしまうか、いずれにしても土になってしまうのに、夏の熱気を受けて雑草達は根張り争いと陽光獲得の戦いをしている。

　時間、空間、心情を濃縮すれば、兵達の争いも雑草と同じ根張りと戦いの夢になること必定なり。争いごとの無常感と霊魂へ追悼になりますので、異質同化による過去、現在、未来への時間、空間濃縮、拡大の夢の跡になります（参考図・夏草や……の分析組込み流れ図・101 ページ参照）。

3－5　荒波や佐渡によこたふ天河

　東北の日本海は経験上、田植えから稲刈り頃の間は穏海で、稲刈りから田植え頃の間は荒海になります（台風を除く。山形県在住：7 年間経験）。

　「荒海の彼方に流人の悲しみをこめた佐渡がある。天空には銀河が佐渡の方へ冴冴と横たわっている。雄渾の中に悲哀をこめた句である」の一般的解説享受ではなく、さらなる奥になにかがありそうです。

　また AI を持ち出すのですか。

　はい。AI は、検証能力がありませんから、人間頭脳の出番を願いまして考察します。

①「よこたふ」の「ふ」は、4段活用の「ふ」で、合ふ（う）の意になりますから、「横たわり合う」になります。

②出雲崎で天河を見た場合、天河（銀河）は、出雲崎から弥彦山方向に横たわるので、天河を見たのは出雲崎ではない。ではどこから見たのだろうか。

①、②の検証は、「参考図　荒波や……の分析組込み流れ図・102ページになります。

AI時代の人間頭脳の価値観を認めていただくためには、この程度の流れ図を作って享受することが必要になります。

そんなことを言っても、毎度毎度流れ図を作って享受することはできないでしょう。

できませんね。せめて名句、または感銘を受けた句には流れ図らしきものを図示し、説明しますと解説、教えを受ける人にとってありがたいことになると思います。

もう1度、参考図・荒波や……分析組込み流れ図・102ページを見てください。

①佐渡島の内情、②荒波の波浪、③天河と佐渡島との横たわり合、3点組合わせによる、深奥広大な叙景と情景の句になります。

個人主義の世になって個人情緒の俳句が多くなったようですが、個人情緒の俳句はAIが瞬時の中に大量に作り出しますので、人間頭脳作句は深奥広大な句を指向しなければならなくなります。「荒波や……」は指向のよい例になります。時には深奥微細な句も必要です。

どうやらわかった気がします。

余計な話ですが、2020以降の入学、入社試験等において、要点文だけ組込んだ流れ図（フローチャート）もって、解答するよう求めますと、一見して応答内容が判明し、採点が容やすになると思います。流れ図の組立構成から創造能力も簡単に判明できると思います。

3－6　旅に病で夢は枯野をかけ廻る

作句の要約を旅に病で（心と身体が割れて）、夢（己の願望:穏秘）、枯野（安易でない:未だ到達し得ない空間心理）、かけ廻る（春、夏、秋、冬4季を通し循環:輪廻転生の心身）としますと、俳句の享受を文章として表現することは、複雑多岐にして困難を極めま

すから、妥当な解明に辿りつくのは道遠しとなります。

さらにAIの享受に対応する人間頭脳の享受解明を求め、AIと人間頭脳との対比差別化を図ることは、至難のわざになります。

それではお手上げということですか。弱きになりましたね。

まあ「田1枚植えて……」よりも難しい句ですね。

それでは、この句をもって最後とし、鬼籍にはいったつもりになって考えてみたらどうですか。

そうですね。鬼籍にはいる前に考えませんと後がありませんから、これを最期としてAIに対応する享受を試みましょう。AI時代突入ですから、理屈っぽくて複雑で駄目だなんて言わないでください。

1　かけ廻る

①かけ廻（かけまわる：かけめぐる）の読み方の比較です。芭蕉翁行状記では、「旅にやんで夢は枯野をかけまわる」と記述しています。一般的には、廻（めぐる）と読まれています。どちらが適合するのでしょうか。

廻（まわ）る：順番・時期がまわってくる（時間単位 T）$T = $ 距離 $L/$ 速さ V になります。

廻（めぐ）る：輪廻転生、空間転移する（距離：空間単位 $L = VT$ になります。

$T = L/V$、$V = $ かけ：駈。$L = $ 不明。

$L = VT$、$V = $ 駈、$T = $ 空間。

になり、T を求めることは難しく、L を求めることは可能性が高いので、「廻る：めぐる」が適切であると言えます。

なんだかわけのわからないこと言って誤魔化しているのではないですか。

江戸時代の「廻る」を物理の公式で説明していますから無理もないでしょう。

それでは、これでどうですか。

「1（ヒ）、2（フ）、3（ミ）、4（ヨ）、5（イ）、6（ム）、7（ナ）、8（ヤ）、9（ク）、10（ト）の語音数で、タビニヤ（8）ンデユメワカレノオカケメグ（9）ル。8＋9＝17になります。

カケマワルでは、8＋0＝8だけになります。

俳句の骨格構成は17言音ですから、「メグル」が適合します（穏秘）。後述で明らかになると思います。

なんだかこじつけているようですが一理ありそうですね。

「廻る：めぐる」の判定勝ちと認めていただいたものとして前に進めます。

②旅：ある地点から某地点に行って（＋）、帰る（－）＝旅の行動としますと、空間L＝±＝0になります。

③病で：心と身体が割れる（÷）＝病＝÷になります。

④枯野：いまだ到達し得ない極大、極小の空地。

かけ：駈、翔、掛（×）3字の複合。

集約しますと、

1　旅の（＋）（－）、病の（÷）、掛の（×）から演算4則の法則が内在し、事象事物の共通根元の動作になります。

2　かけから、天地空間の移動になります。

ここでひと休みして質問です。

濁点（にごり点）は、なぜ2点（か→が）を打つのでしょうか。1点だけの方が省力化になるはずなのに。

また得意のいやなことを言い出しましたね。かんたんですよ「にごり」の「に＝2」ですから、2点打つのです。つまらない質問は質問になりません。

そうですね、失礼しました。

AI時代になりますと、あたりまえの質問に応答するのは、AIの担当分野になります。

AI時代の人間頭脳の担当は、①あたりまえの質問の質問価値の有無を問題とし、検証し判断すること。②必要となる問題を発見し、課題となし処理すること。③未知なる分野に対応し創造（思考）し、解を図ること。④AIを道具として使う識能を充実向上すること。⑤①～④をもって常識としてとらえられる事象事物をさらに探求し、究極を極めることになります（後述の連句型に関係します）。

俳句という分野にも当然①～⑤までがあてはまります。

なるほど、それで何をしたいのですか。

芭蕉辞世の句について、人間頭脳の自主独立という見地から探求するということです。最終の話題になりますので、話に乗ってください。

1点：位置だけあってほかは無ですから、字の存在だけになりますので、n^0 ▲ ＝1またはn^1＝nと同様になるので濁音になりませんから、1点では不可になります（濁点の話）。

2点：2点間は距離、方向（向き）、境界（2点間に線を引いた際の左右の境界）になります。2点によって異質の表現（濁音）に

なりますから、2点が適合することになるのです（まわるとめぐるとの話に連結します）。AI時代の人間頭脳担当分野における①〜⑤の具体例になります。前に「めぐる」が適切と言いましたが、「めぐる」の「ぐ」は純粋な9ではなく、「く＝9」が正当になります。としますと、「く」と「ぐ」との差別化を考える必要があります。

　一難去ってまた一難、難かしいこと言い出しましたね。

　これで最終になりますから、我慢してください。

　「めぐる」には「めくるの「仕掛け」があって、「めぐる」の中に「めくる」が含まれていて、複合文字になっているということを言いたいのです。

　実は、「めくる」の「く」に2点を打って、めぐる先の距離、方向（向き）、境界を具（つぶさ）に捲（めく）りつつ、巡ることを複合させながら、旅をしたいの願望を意味し「めぐる」にしたのです（人間頭脳担当分野考）。

　仕掛けは、「捲り」ながら「廻る」という隠秘ががあるということです。

　AIは、ここまでの解説をすることができませんよ。人間頭脳だけができる分野になります。

　難かしいことばかり言って、分りやすい言葉はないのですか。

　そうですね。まず「参考図・旅に病で……の分析組込み流れ図・104ページ」、「図14・旅に病で・句構成の分解・結合の流れ図・105ページ」、「参考図・芭蕉俳諧（句）の有様と環境・106ページ」を見てください。

　これでわかるでしょう。

　「辞書を捲り確めながら、演算4則を廻り句界を切り開（啓）いていきたい」という願望開眼を求める、または主文と3つの参考の図との4者を総括することによって、第4象（−）×（＋）の世界から第3象（−）×（−）に至り、第4象へと戻る（±）＝0の心と身体の永遠循環の願望の句になります。

　まとめますと、①切り開いて行くという動作の意図。②第4象に戻るという心掛け。
の2つの願望が1つになった句になります。参考図・旅に病で……の分析組み込み流れ図・104ページ、図14・旅に病で・句構成の分解・結合の流れ図・105ページ、参考図・芭蕉俳諧（句）の有様と環境・106ページ。

　願望が1つになった句は、世阿弥の風姿家伝の第17口伝の「秘する花を知ること、秘すれば花なり、秘せずは花なるべからず、この分目を知ること肝要の花なり」の、この分目の境地に類する句構成になると受けとめられます。

　としますと、「俳句の分目：隠秘の境地を知る：発見するという願望の句である」ということになります。

わかったのか、わからないのか不明ですけれども、句と同様の「かけ廻る」の境地にはいったような気がします。
　分目は、①見聞の分目（隠秘）を発見する。②問題は、何かの分目（隠秘）を知るの２つになります。
　どうもわかりませんね。
　世阿弥が「花の公案と言っている程の「花」に類似しているというのですから、わからないのがあたりまえでしょう。
　これでわかることでしょう。
　「秘する花を知るべし」＝「まわる」か「めぐる」かのよみ方を決め確立すべし。確立＝「めぐる」。「秘せずば花なるべからず」＝価値観を一般化すれば＝価値不在＝夢の内容。「この分目を知ること肝要の花なり＝価値観の存在と価値観不在との関係を見極めることが大切である＝夢の内容の非公開、反面夢の非公開を知ることが大切である。
　わかったような気がします。
　重複してくどいようですが、く^{3}の３は素数にして３角形という面積をつくり出し、可視化を可能にする最小の指数関数になるとともに、自主独立の擬人的特性を持っています。めく^{1}る×めぐるのく^3＝俳句の（句＝く）に連携し、俳句の根元に迫ります。
　ということから、芭蕉の「夢」はめく^{1}る×めく^{2}る＝めく^{3}るを追求し俳句の（句＝く）の可視化＝分目を求めることが真意になるといえます。よって、本句の解明の根本はく^{3}の指数３の分目＝発見になります。
　逆説的に、「廻る」は「めぐる」とよまなければならないことになります。
　AI時代における人間頭脳の作句、享受の在り方態度に示唆を与える句になります。
　色々な角度から本句についてくどくどしく述べてきましたが、要はAI時代になって人間頭脳の価値観、そして地位を保つためには、広範多岐にわたって深く広く考える習慣をつけなければ、AI俳句を名句として受け入れ、AI俳句を享受するという本末転倒の現象におちいる可能性と可能性の懸念解消との対応が大切であるということです。
　「旅に病で夢は枯野をかけ廻る」は、AI時代の俳句に「夢の公案」を投げかけていると思いませんか。
　そのような句と思うのが俳句界の課題かも知れません。花の公案まで、溯って長々と御苦労様でした。これで終わりですか。

２　辞世の句は連句型である

　①「旅に病んで夢は枯野をかけめぐる」と②「清瀧や波に散り込む青松葉」とで、どちらが辞世の句になのかの論争がありますが、どうしますか、どちらが辞世の句になるのですか。

辞世の句ですね、終りに相応い質問です、折角ですから考えてみますか。論争をふりかえってみますと、時間経過から見れば、②になります。

②は、1694年6月中旬「清瀧や浪にちりなき夏の月」の改作（推敲）であるから、①になります。

両者の説は、1長1短あってどちらとも言えません。

どちらとも言えませんでは質問の回答になりません。

そうです、回答になりません。回答努力（AIにはできない）を流れ図によって考えてみましょう（図15・「旅に病んで」と「清瀧や」の流れ図・107ページ参照）。両者の関係ある事実を根っこ（枝）として考えますと、病んで、時間経過、作句句意、桃青〜芭蕉への変更、青松：1元2針、春、夏、秋、冬、夢が分析の主対象になります。図15「旅に病で」と「清瀧や」の俳句流れ図・107ページの結果から、辞世の句は、①と②との融合の句になります。　すなわち、連句型形態の2句1対になります。

結論は、1寸尚早ではないですか。

そうです。次の補完段階が必要になります。

1段目：②は、③の「清瀧や浪にちりなき夏の月」の改作であるから、①が辞世の句であるとの説に対する、改作の因果関係を明らかにするための②と③の考察。

2段目：①と②の整合性の考察。

になります。

1段目②と③の考察

②の青松葉は青松葉自体の焦点行為である。

③の夏の月は夏の月自体の景姿である。

②と③とは異質の俳句の句意存在であり、異質の俳句改作（推敲）は成立しません。②と③は根元的に異質ですから、②と③はそれぞれ自主独立の俳句になり、整合性はありません。

2段目①と②の考察

流れ図から見て整合性は成立します。

主たる成立証左は、「めぐる＝めくゞるの2」と「青松葉の形成特性」における、青松葉の1元2針の隠れ秘2が代表しています（図15・「旅に病で」と「清瀧や」の作句流れ図・107ページ参照）。注：1元2針の隠秘に注目を。

Ⅲ章　AI時代の俳句難解巡り

○夜昼2日間、○桃青と芭蕉、○連句N番の左と右の勝敗、引き分けをめぐる連句の1対句思考（新思考法）。

○1針と2針による1元の1対（青松葉の1葉）

3　まとめ（新しい注目事項）

　1段目、2段目の整合性の検討も含めた結果から見て、連句形態の試み＝夢をもって、発句～終句～発句への芭蕉1人作句の心をもって、未踏の分野をかけめぐり、句境を求めるという連句型総括の句であり、「旅に病でと清瀧は、1対の辞世の句になります（連句型と呼びます）。芭蕉の夢の作句形態を追求する最初の句姿の1例になります（第5＝悟の開眼か）。

　本当ですか、誰もそんなこと考えていませんよ。

　肯定、否定、どちらでも結構です。

　要は、AI時代における俳句の享受はこの程度まで執拗に考察することが望ましい、ということを推奨する1例ですから。①か②かの辞世区分説は存在せず。①と②は、1対の連句型辞世句であると関心を持たれたでしょうか。

　連句型辞世句の具体的心情はどのようになりますか。要約しますと。

　残念なことに病になってしまったけれど、夢は、桃青～芭蕉を経て培ってきた永遠の俳句（諧）世界を桃青の時代にまで立返って、清瀧の川の波間に入り込んでいくように極めていきたいとなります。

　連句型とは、発句と脇句の相似（フラクタル）関係と異なった、新しい連分句（例えば、発句の句意具象化に至る究極の連分句）になります（書の連綿型思想に類似）。

　またまた忘れていました。誰も気づいていなことです。

　何かまた捻り始めましたね。

　まあ見てください。

　日本語における最短詩（俳句）の語音（文字、数字）は自主独立にして、骨格構成は、唯1つ17語音（1－4　参照）になります。17数字語音はすべてて素数であり、絶対的な価値観の要因になります。価値観の要因は体内遺伝子的存在として、日本人の体内の感性分野に宿っています（例えば、7、5、3の祝）。

　17語音は自主独立ですから、ほかからの干渉を受けることがないので、心地よく、好ましく、美しく、安定する環境を醸し出します。

　5、7、5＝17は、韻律（リズム）は元より、俳句骨格構成を確立し、尊厳すべき規範になります。

俳句の 17 字骨格構成はもちろん、構成の中のそれぞれの数値語音を相転移し、数詞となって、数値語音 17 隠秘として句中に内在します（図 16・隠秘 17 骨格計測例・108 ページ参照、図 16・その 1 計算結果・111 ページ参照）。計測例によって、文意は判明します。隠 17 骨格と呼びます。

　隠 17 骨格なんて誰も認めませんよ。本当に存在するのですか、信じられません。

　信じられないことはあたりまえです。まったく新しい探求ですから（AI 分野において、日本は先進国に比べ周廻遅れ）。

　AI 時代になりますと信じられないことを考察することが人間頭脳の出番になるのです。信じられることは AI 駆動が常道になります。例えば、ボーイング 787 の AI ソフトウェアコードは、1800 万行。自動車自動運転レベル 4 のソフトウェアコードは、3 億行になると予想されています。この様な AI 環境ですから、信じられないことに挑戦することが必要になります。

　注：AI は、駆動型 AI（暗黙知）と知識型 AI（形式知）が有力視されています。

　現時点では、駆動型 AI が主体を占めていますが近々知識型 AI が臺頭することになるでしょう（日本国では）。

　では、今までに出てきた俳句を例にあげ、計測します（隠 17 骨格が多くなりますと韻律がよくなります）。

　隠秘 17 骨格計測例・108 ページ参照、図 16・その 1 計算結果・111 ページ参照。

３－７　白露「も」「を」こぼさぬ萩のうねりかな

　１—３の２のところで、季語は「天の声、指示、示唆」によって決まると述べましたが、天の姿の裏側の１例を尋ねます。

　天の声ですか。

　「白露もこぼさぬ萩のうねりかな」（芭蕉翁全伝・類柑子）。

　「白露をこぼさぬ萩のうねりかな」（翁艸・泊船集）。「も」「を」の差異の句が詠まれています。『続芭蕉俳句研究』（大正 13 年刊）によれば、合評会において、和辻哲郎（本句提出者）は、「白露も」を提案に採用すると発言し、一同賛成となりました。ところが、太田水穂が「白露を」採用したいと発言しました。発言のやりとりは次のようになります。

　瓊（ぎよう、けい）音：それはいけません。㊂

豊降：それでは、理詰めになります。㋲
水穂：「もの方が一層理詰めになります。㋾
能成：「も」の方を探る。㋲
露伴：これは「白露を」が定案であろう。㋾
次郎：太田君の「も」の方がもっと理詰めになるという説に賛成する㋾

ということから、評会者の意見は㋲3、㋾3で同数となり、解決せず不成立となりました。
解釈のない合評会をＡＩ時代の出現から見ますと、2つの問題点が浮上します。

(1) 大正時代
　1つ目は、理詰めになるという考察根底の可否になります。
　2つ目は、理詰めとは、国文法に基づくものなのか、文学上（構成、表現、理想等）なのかになります。
　1つ目は、裏を返せば文学的（文系：心理＝暗黙知）見地ではないということでしょうか（文系主体）。
　2つ目は、「も」：係助詞、「を」：格助詞の使い方でしょうか。
　1つ目、2つ目は、いずれにしてもなぜがないので、普遍性は乏しい＝定案成立不十分となります（大正時代は浪漫、主観、権威、感動等の見地からの享受が主体であったのかもしれません）。

(2) ＡＩ時代
　ＡＩ時代になりますと、「も」や「を」の助詞の使い方を律ししきれず、さらにＡＩが大量に俳句を生産しますから、俳句の整合律しのため理系の観点で作句、享受を見つめることが大切です。例えば「も」はなぜ条件なし、論理：演繹、帰納の心理になり、「を」はなぜの条件（対象の認識あり）、推理（論）：物数理（真理）になり、普遍性を有するので、ＡＩ時代では「を」によって、定案成立十分になるといえます。

(3) ＡＩ時代の合評会
　(1)、(2) を見て、合評会の考察の根底は、普遍性（なぜの解明による）を高めるため、文系＋理系の見地による評議が大切になります。

ＡＩ時代になる（なった）と天の評議、定案も変らざるを得ないということですね。切先を今年も念じ豆をまく。「を」「も」はどうですか（天の評議、提案は文系と理系の刃先の鎬合〔しのぎあい：切り合う〕を今年も期待し、ＡＩ時代への対応を図ってほしい、の意）。

カーリングの答（1例で頭を休めましょう）
1例
1　○対△は、勝対負になります。
　　勝は自主独立が絶対精神条件になります。
　　負は依存迎合（相手まかせ）が重大要因になります。
2　数値はそれぞれ数値の特性を持っています。
　　素数は整数で自分自身でしか割ることができない：自主独立の特性を持っています。
　　合成数は素数の倍数によって成立しますから：依存迎合の特性を持っています。
3　前述によれば、
　　勝は素数。負は合成数。として置き換えられます。
4　勝負は勝つことが絶対ですから、素数を考えればよいことになります（すべてが素数成立＝勝の条件に相応しい）。
5　できる限り俳句の形態に迫りたい要望がありますから、17数以内の数を検討範囲にすればよいことになります。1は共通数でから、計算対象外になります。0は1回限りの計算対象になります（表3・○対△計算例・112ページ参照）。俳句は、自主独立の形体（態）＝素数は、自主独立の特性を有していることから、素数の過多を計算し多い方を採れば適切であると言えます。
　　計算結果から、素数4で勝に連りますので、2：5または5：2が適切になります。
　　「カーリング2：5にてぞやまをおす」が答えになります。さらに2：5または5：2は奥深さを秘めています。
　　「カーリング2：5にてぞやまをおす」
　　　　　　　　2＋5＋2＋　　8　＝17
　　2＋5＋2＋8　＝17　　　2＋5＝7、5－2＝3、2、5、はすべて素数：自主独立：勝に連なります。

2：5は俳句骨格構成17をもって、頭脳（感性）に宿ります。注：カーリングは外国語ですからグ：9不成立。

2：5の17は、AIに宿ることはできませんから、AIはこのような奥深い句はつくれません。このような深さまでを顕彰しなければ、AI時代の享受者としての資格は、失なわれることになるでしょう。作句者も同様です。

「カーリング」が季語として肯定されなければ、俳句は成立しません。評語または応援語になります。

最後に質問です。「感性」という言葉が出てきていましたが、感性とは何ですか。

だんだんと理系思考が元気づいてきたようですね。文系的には一般に「感性」は芸術にとって大切であると言われ、当然事項として、感性という用語を使っています。

例えば、①感覚器管の感受性。②感覚に伴う感情、衝動欲望。③理性によって制御される感覚的欲望。④感性的知覚を通じて与えられる事物の総称（広辞苑3巻抜粋）が文系的感性になります。

AI時代時代においては、人間頭脳とAIとの共通認識共有の観点から理系的な感性をつけ加えることが必要になります。

理系的感性については、本1冊を要しますので、細部は省略します（拙著『和風書の原理と具現』芸術新聞社・2013年参照）。

理系的感性の注目項目は。

○具体的な感性とは何か。

○感性のおかれる環境。

○感性の要（かなめ）点と方向（向き）。

○感性の合成力。

○感性の座標界。

○感性の養育。

○感性と俳句作句、享受の表現。

○複合感性の主体計算。

以上が主たる感性の筋道概要になります。

長々と御苦労様でした。

AIが普遍化しますと感性が注目される時代になるでしょう。

AIは、知識を詰め込みを担当し、人間頭脳は、自己を確立し関係ある事実を分析しながら、変化の先読みを担当することになります。

変化対応能力（特に基盤となる感性）向上を図ることが大切になります。
　感性ですか。

変化対応能力（特に基盤となる感性）向上を図ることが大切になります。
　感性ですか。

Ⅳ章

AI俳句と人間頭脳俳句との共生

4－1 俳心

すべて事象にＡｉが介入する時代になってきました。避けて通れない時代になりました。

ＡＩ俳句と人間頭脳俳句との共生は、いかに（人間頭脳の存在感を確認し、存在感の維持を高めるために）検討する必要性がでてきました。

ＡＩ俳句と人間頭脳俳句との差別化の原則事項を確認し、確認に基づいて、差別化の検証をしないと、今までに経験したことがなかったＡＩと人間頭脳との俳句界の混乱が発生し、俳句界にとって大きな問題になります。問題解決のため、ＡＩ俳句と人間頭脳俳句との差別化の検証が必要になります。

問題解決の方法は種々ありますが、ここでは俳心（人の心の根元）の面から一例を述べます（細部は拙著、俳画のこころ、1986.10.25、日貿出版社参照）。

俳心は、全事象事物の中から該当する事象事物を抽出して、主体代表を求め、主体代表を多く合わせる（＋：加える）か掛け合わせる（×：ずる）ことによって成立します（図18・俳心の主体・115ページ参照）。

ＡＩの俳句は、俳句情報の入力（学習ともいわれています）累積からの最適な相（類）似の出力であり、人間頭脳俳句は、俳心の出力ですから、俳心を確認することによって、ＡＩ俳句と人間頭脳俳句との差別化ができるようになります。

ＡＩ俳句は、現時点では一般化していませんので、やむを得ず既存の俳句をもって近似検証例とします。検証例は作句の質的優劣ではなく、俳心の主体領域（図18・俳心の主体・115ページ参照）の考察になりますので、他意はありません。

「手をついて歌申上ぐる蛙かな」は⑦の俳心領域で不十分です。

「流れ行く大根の葉の早さかな」は⑨、⑧の俳心域で俳心少ないです。

「甘草の芽のとびとびのひとならび」は⑨、⑧、③の俳心領域でややあります。

「夕涼しちらりと妻のまるはだか」は⑨、⑧、⑥、⑤の俳心領域でやや大きいです。

「あばら骨なでじとすれど募さかな」は⑩と⑨、⑧、⑥、⑤、④、③、②、①の俳心領域で大きい。

「五月雨や大河を前に家二軒」⑩と⑨、⑧、⑦、⑥、⑤、④、③、②、①の俳心領域で最高です。

「荒海や佐渡に横たふ天の川」⑩、⑨、⑧、⑦、⑥、⑤、④、③、②、①の俳心領域で最高です。

これらの例は、ＡＩ作句と人間頭脳作句との差別化導入を図る一事例になります。

４－２　俳句構成根元から見たＡＩ俳句と人間頭脳俳句との共生

　俳心（人の心の根元：人心）は、俳句構成の要素（元）であり、要素（元）は、時間、場所、物体の環境（元）にあって、天体（4季の変化）によって存在するという性格を持っています（図19・俳句の構成元・115ページ参照）。具体例をあげますと「五月雨や大河を前に家二軒」になります。
　「五月雨や」＝時期（時機）、「大河を前に」＝場所、「家二軒」＝物体、「五月雨や大河の前に家二軒」＝人心（作句者の心、家二軒の人々の心）の４元がみごとに構成され集中融合しています。
　4元構成の必要性を心がけることがＡＩ俳句と人間頭脳俳句との差別化を安易にし、ＡＩ俳句を道具として使える（例えば宣伝活動）ことになります。
　4元構成を心がけることによって、人間頭脳の価値観が確立し、人間優位下のＡＩ俳句と人間頭脳俳句との共生が可能になります。
　注：ＡＩ出現によって便利性、生産性が上がりますが、反面、利便性、生産性に対応する経験と創造力の向上努力が強いられます。努力を怠りますと検証不能となり、ＡＩが人間頭脳を道具（ＣＰへの入出力者として）として使うようになります。

４－３　ＡＩ俳句と人間頭脳俳句との差異

1　ＡＩ俳句
　ＡＩ俳句は、当面俳句情報を人によって入力累積（学習と呼んでいます）し、人によって兼題を与えられ、人によって出力し、作句することになります（将来は一連の入出力をＡＩ自身で動作をする可能性もあります）。ＡＩの作句能力は、人の俳句情報入力如何によって左右されます。

2　人間頭脳俳句
　人間頭脳俳句は、先人から得る俳句学習、個人が持っている学習をゼロから出発させ、人生生涯の累積となし、累積の中からの俳

句能力となります。やがて人生は終わり、また、世代交代し同様な人生になります。即ち、回帰転生の形姿考での、俳句の作句になるといえます（ＡＩ時代以前では人間同士の俳句ですから、同一となりますので、この考え方は不要になります）。

3　ＡＩ時代の俳句形態の変化予察

　１、２のＡＩと人間頭脳との差別化からみて、ＡＩ俳句と差別する人間頭脳俳句形は、回帰転生型の俳句になります（図20・連句回帰転生型俳句骨格構成例・116ページ参照、図21・連句従来型俳句骨格構成例・116ページ参照、図22連句ＡＩ型俳句骨格構成例・116ページ参照）。兼題の巻頭俳句から始まって、巻頭の句意に内応する句をもって作句し、巻頭俳句の俳心に戻るという形姿内容の連分句の中の独立した１句が至当になります（連句回帰転生型俳句と呼びます。図20・連句回帰転生型俳句骨格構成例・116ページ参照）。具体例をあげますと、

　兼題を巻頭句「閑かさや岩にしみ入る蝉の声」→「涼しさや風吹きあげて松の音」→「綾なすや人も紅葉も奥の院」→「額ずくや風にしみこむ野菊香（こう）」→「俯瞰する田畠黒ずむ根雪前」→「有無なしや雪滴光り雪はつる」→「残雪は昆虫眠る旅籠なり」→「招きおるグチョキパの蕨群」→「おちこちに蝉孔堀りて木の香かな」→「空蝉の空見あげてや蔦つかむ」→「巻頭句」へ。

　注：本例は、春、夏、秋、冬を折込みましたが、同一季内でも成立します。

4　連句従来型俳句と連句ＡＩ俳句型は同類

　連句従来型俳句は、主催者が兼題を提示し、兼題によって作句しています。連句ＡＩ型俳句は、当該時の俳句要求者が兼題を決め作句することになりますので、連句従来型俳句と連句ＡＩ型俳句は同類になります。

5　俳句と連句回帰転生型俳句、連句従来型俳句、連句ＡＩ型俳句の間柄

　ＡＩ型俳句（ＡＩによる俳句の大量作句）の出現によって、①連句回帰転生型、②連句従来型、③連句ＡＩ型、④独立型（子規系）の区別を是認する必要性が生じ、４つの区分を確認したうえでの検証（享受）が要求されるようになります。このことは遠い話のようですが目前に近づいているのです。

　例えば、連句型①、②、③と④とのいずれかの俳句の中の享受、または①、②、③、④のそれぞれとの対比優劣判定。①、②、③、④のいずれかの出所俳句なのかの確認。①、②、③のどの部分の句が作句者の意思表示なのか、または①、②、③、④の区別判断。

具体例では、

「旅に病んで夢は枯野をかけめぐる」と「清瀧や波に散り込む青松葉」は、それぞれ独立句か連句かの判断（筆者は3─6の2において、連句型の辞世俳句と推論しています）が必要です。

6　ＡＩ俳句と人間頭脳俳句との相互作用

俳心（感性：紙数制限上略）の有無、または大小によって相互作用は変化します。

ＡＩへの入力は、人間が行ないますから、入力者、または組織の感性、または目的によってＡＩの学習（情報の累積）の性格が変容（様）し、ＡＩ出力の作句成果は変化しますので、人間性格的か無性格的かいずれかに傾きます。傾くか傾かない等と小難しいことを言わないで、美辞麗句でしめくくったらどうでしょうか。

それでは美辞麗句は文系担当として、人間頭脳に怠りがないとして、要件を列挙しましょう。
(1) ＡＩと人間頭脳との相互作用によって、俳句領域は質量ともに拡大する。
(2) ＡＩ俳句を道具として使用できる（宣伝、啓蒙、娯楽等）。
(3) ＡＩ俳句とＡＩ俳句またはＡＩ俳句と人間頭脳俳句との対比競い合いの新句会が誕生発生する。
(4) ＡＩ俳句の副産物として、同一俳句の有無に貢献が可能（俳句情報の累積による）になる。
(5) ＡＩ俳句と人間頭脳俳句（感性を起因とする創造）との差別化が要求される。

7　ＡＩ＋５Ｇの時代の俳句評価基準の一例

ＡＩ時代にあわせて５Ｇ（5世代）時代が到来します。

2020年になりますと、「土地造成工場現場は、自動操縦や遠隔操作によって無人作業を目論んでいる、Y、19.6.5）という報道があります。すると、例えば「蛙合」、20番勝負（1686年、芭蕉）が行なわれたような句会は、安易にどこでも、いつでも、誰でもできるようになります。

俳句の評価は、一同に会することはなく判定できるようになります。ということから、評価判定基準の明確な規範が必要不可欠になります。必要な規範は、現在主流となっている文系（暗黙知）＋理系（形式知）＋科学技術にわたる深奥広大な内容になります。

文系は現行の規範として、理系＋科学技術の内容を列挙します（当面の考察内容：普遍性に基づく評価）と、①なぜによる評価。②科学技術への合一。③文字、数字の持つ特性と心情との合一。具体例をあげます。

(1) 隠避17骨格。
(2) 俳句中の数値特性適合の可、不可。
(3) 形（面積）の根元＝△概念による優劣位の判断。
(4) 現行俳句、連句ＡＩ型俳句、連句人間頭脳型俳句、連句従来型俳句の見極め。
(5) 句意と素数、合成数の性格との合一。
(6) 句意の中に奥深い意味を提供する句内の数値特性の活用。

注：5世代（5Ｇ：移動通信組織）の略語で、現行（4Ｇ）の通信速度の約100倍、通信遅れは1／1000秒（同時感覚）。2020年頃から運用開始といわれています。

ここまでのまとめ

1　AI時代の俳句構成の再確認
　①地球という4季の環境に生き、演算4則（＋－×÷）を基本とする生活環境の下、②素数という17語音（字）を規範として、5、7、5の3点3線による最小限（根元）の面積（形：3角形）となる可視化、③可視化を促す素数の自主独立の特性形態。④日本国文法に基く最短詩形体を再確認し、人間頭脳俳句の充実を図り、⑤なぜをもってAI俳句の膨大な作句を差別統制することが大切になります（図17・俳句の骨格構成の条件と成立・114ページ参照）。

2　AI時代の作句の在り様
（1）日常における人間頭脳俳句は生活様相であり、話しの中にある①喜怒哀楽、②事象事物への5感の反応、③討論、④自己主張⑤論説等の言葉のやりとりが当面考えられます。
（2）名句とは（1）の①～⑤を内蔵する俳句が深奥広大（極小）の表現となり、脳内に宿り生き続ける句になります。①～⑤までを包合する手法としては、畳基本寸法の有する好感（黄金）数1.62の演算4則（＋－×÷）の数量特性。自主独立の素数特性に着目し、国文法に基づいた表現になります。注：好感数は日本国畳寸法に存在しています。
（3）俳句の作句、享受においては、文系、理系を合一し、心理、真理を集中融合することになります。
（4）合一の方法としては「流れ図」をもって表現又は解明の一助にすることが大切になります。
（5）流れ図の緻密にして簡潔な具現構成は、AI時代の名句条件の素質を見得出す目利（めきき）になります。

3　AI時代の人間頭脳の出番
　生活様相の①～⑤の段階、または組合わせにおいて、①～⑤の何れかを作句・享受にとりいれるかは、人間頭脳の担当になります（例えば、語音（字）＝数字の語音＝数字と漢字の相転移の発想転換）。

4　AI時代の人間頭脳の作句、享受は文系主体から文系＋理系の体制への移行による作句、享受になります。科学技術の発展環境の感知、俳句のアイデンティティを確立せずして、俳句の核心に迫ることはできません‼最終の作句、享受は人情です。

遊談　挨拶・講演時等における俳句

　終ってみたら、文系＋理系の俳句、人間頭脳とAIの俳句、故事来歴と創造の俳句等の在り様について評論してきましたが、評論だけでは俳句の質的向上と検証に限ぎられて何等変化がありません。AI時代の俳句界興隆に貢献する具体案はありませんか。

　そうですね。俳句界の興隆は、俳句主催者に依存するだけで、何等貢献していませんでした。一本とられました。とは言うものの、凡才にとっては具体策が見あたりません。このような一例案はどうでしょうか。

　挨拶者、講演者、主催者、組織団体の管理者等は、行事の冒頭（導入）または締括り（要因）の際、俳句をもって整合律するという社会恒例の慣習化です。決まりきった話法にうんざりしている拝聴者にとっては5、7、5の17文字（語）だけが頭に宿ること必定です。

　俳句を吟ずる際は、最初は毅然（自主独立）と次は抑揚（依存迎合）の気持で2回吟じます。

（俳句例）

○結婚式祝辞の挨拶例（春）

　両家の性名

　渡辺家：両親、清、玉枝、子、政彦。

　水瀬家：両親、清、三千代、子、晴美。

　マサニハル　ミズベヲスダツ　ヨキトワエ

　「真に春水辺を巣立つ佳き永遠え。」

　両家6者の姓名の何れか1字（語）いりによって見事に両家は永遠に結ばれました。

○本人定年退職見送式の挨拶例

　春：「花舞いて泪にうつる定めかな」。

　夏：「空蝉ぞ別れの言葉しわがれて」。

　秋：「空高く光り輝け柿梢」。

　冬：「ひと言の口元深く寒気しむ」。

上句、中句、下句の最適表現内容、または上句、中句、下句の最適順序位置等の表現術は、2の次として、5、7、5と季語があれば俳句です。切字は手段ですから、順次向上すればよいでしょう。あなたが主役の作句者と撰者です。

○孫の俳句日記の薦め
　例えば、例句のような（嫡出例）日記。
　02、01、吉日「まさ夢の春ぞめでたき孫宿る」、着床報告です。
　02、09、26「孫生まる電話の間にも木犀香」、木犀香も祝福です。
　02、10、08「秋時雨今泣きやんで寝顔から」、泣くのが健康と寝てしまいました。
　02、10、27「秋晴れや祝詞に抱かる孫の顔」、神社初参りです。快晴です。
　02、11、09「孫泣きて柿皮それる刃先から」、食初（くいぞめ）に盛る干柿作りです。
　03、01、01「迎春や孫の頭の座り立つ」、首がしっかりとしてきました。
　03、04、10「孫が吐く眠れぬ夜の朧月」、心配で心配で外に出て天に祈りました。
　03、07、07「抱子しておつむてんてん梅雨晴間」、保育園からの帰り道のてんてんです。
　03、10、28「孫立ちて三歩あるきぬ菊花瓶」、初めて歩いた歴史的な日です。菊花瓶も応援です。
　04、01、15「パパ抱子爺に行かぬと成人日」、パパが矢張り好きなようです。

　小学1年生まで誕生日毎に俳句日記を綴り、孫に渡しました。その後は、孫とのふれあい不足と老齢病とがあいまって、お開きになりました。

○夏休み等の宿題に俳句の薦め例
　小学5、6年生のときは、戦時中で何もなく仕事だけでした。担任の先生の夏休みの宿題は、干草（軍馬飼料）と俳句の提出でした。
　俳句の宿題は、1年間にわたるその都度のできごとと、本人に密着する俳句でした。提出した俳句は、国語、修身、音楽などの時間に自作の句をよみ、生徒の挙手によって好例句を決める句会となり、好例の理由について先生が講評するというものでした。
　俳句の作句と享受における価値は、ものごとの深奥広大な把握、理解、判断、創造、検証、分析等の能力向上に連なり、人情の機

微にふれる教養になります。

　回顧する俳句例と新聞などに出ている現在の小学生の俳句を比べてみてください。

（回顧俳句嫡出例）
　「雪とけて沢音おちこち騒ぎだす」
　「見渡せば棚田棚田に連華草」
　「汗涙草命とるなさけかな」
　「鳴神のぬらした草履天日干し」
　「もう一度たき木背負えば月がでる」
　「履く草履寒さ編みこむ夜なべかな」
　「焼芋の温みふところ鍬をふる」
　「草履さん凍土を踏んで冷かろ」
　「褌身戦地をおもい寒稽古」
　「花丸をもらい駆け出す茸しろ」

　当該時の担任教師の授業は、算数、理科、国語を最終時とし、問題を理解し正解した学生はただちに下校の許可がでました。正解しない学生は、最終時時間まで残り、一対一での教育でした。
　花丸をもらい、学校から一目散で茸とりに一人で山中に入っていき、茸をとった句です。茸しろは、親にも教えるなというほど毎年茸がとれたのでした。
　注：今では熊、猪、猿が出るので、山中は立ち入り禁止となり、鉄網棚が設置されて大人でも入れません。

参考図　太陽と地球面（3点）による季節変化

拙著『俳画のこころ』
日貿出版社、1986.10.15

俳句は、集中融合の文学であると容認すれば。

省略、集約、集中、余情、余韻の尊重等は、俳画の集中融合の哲学、芸術を具現化するための省略、減筆と同じで、手段になるのではなかろうか。

手段は、本質の概念にならないから、哲学、芸術の理念である集中融合を概念にすべきであると思う。

人体に対し、すべてと集中融合しよう、させようとする意志を持たせるためには。

①省略減筆を徹底して行ない焦点を確立する。
②人体が感知できる最小限と最大限の境界を確立する。
③人体の本能心理に適合させる。
④人体を統制（死活に直結する）する物体（太陽、空気、水）の事象を根元にする。

の四項目が大切になろう。

①は、集中融合のための手段であって、俳句をつくるための技法になる。この技法が難しく、句作の主流になる。
②は、人体の感知能力の最適を決定し、斉整円滑に集中融合できる条件を設定すればよいことになる。

「俳画と「個人」、「融人」のところで述べたように、人体の平面における感知能力の最小限にして最大限は三点であるから、立体面（地球を平面とすれば、③と④から太陽が一点加えられる。）における人体の感知能力の最小限にして最大限は四点になる。この四点が、立体の森羅万象を集中融合しようとする俳句表現に最適な条件になる。

立体面における人体の視覚の最小限にして最大限は四点であると同じように、地球の面（三点）と太陽の四点立体面のひきおこす季節変化は、人体に対し本能心理的に知覚記憶させることになり、四季が最適の感知能力の季語になる。

③は、雨極（日本：水土）の人体は、細胞同志の集中融合本能心理と、太陽、地球と集中融合しようとする頭脳本能心理を持っているから、太陽と地球の変化現象に適合させる環境づくりをすればよいことになる。

太陽と地球の関係において最も重視すべき環境は、気候（季語）になる。

雨極（日本：水土）人の集中融合の本能心理になくてはならない基本条件は、気候（季節）になる。

季節変化は、地球面（三点）の変動と太陽一点との四点によって行なわれるから、季語の設定は、四点（季）にすることによって、融人（雨極：水土：日本）に素直に取り入れられ、最適季語条件になる。

④は、太陽、空気、水の事象を包括して究極の姿を考えると、人体の住む地球の気候（季節）になるから、根元の条件は、気候（季節）になる。

参考図「太陽と地球面（三点）とによる季節変化」参照

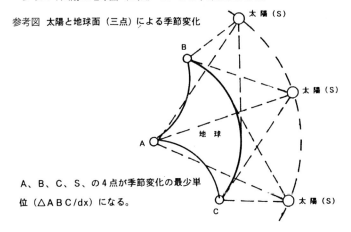

参考図　太陽と地球面（三点）による季節変化

A、B、C、S、の4点が季節変化の最少単位（△ABC/dx）になる。

図1　俳句歳時記（試案）

		春	夏	秋	冬	備考
一般的現行24季	旧暦	1月～3月 立春～立夏前日まで	4月～6月 立夏～立秋前日まで	7月～9月 立秋～立冬前日まで	10月～12月 立冬～立春前日まで	立春：2月3日～4日頃 立夏：5月5日～6日〃 立秋：8月8日～9日〃 立冬：11月8日～9日〃
	新暦	2月～4月	5月～7月	8月～10月 新年独立	11月～1月	・人の行事関係による区分、人間主体、天体従属的思考による制定。
春分の日	筆者（試案）	3月(20～23日)～6月(20～23日) 春分	6月(20～23日)～9月(20～23日)	9月(20～23日)～12月(20～23日) 秋分	12月(20～23日)～3月(20～23日)	・顕著な具体的気候変化に基く、天体主体、人間従属的思考による制定。

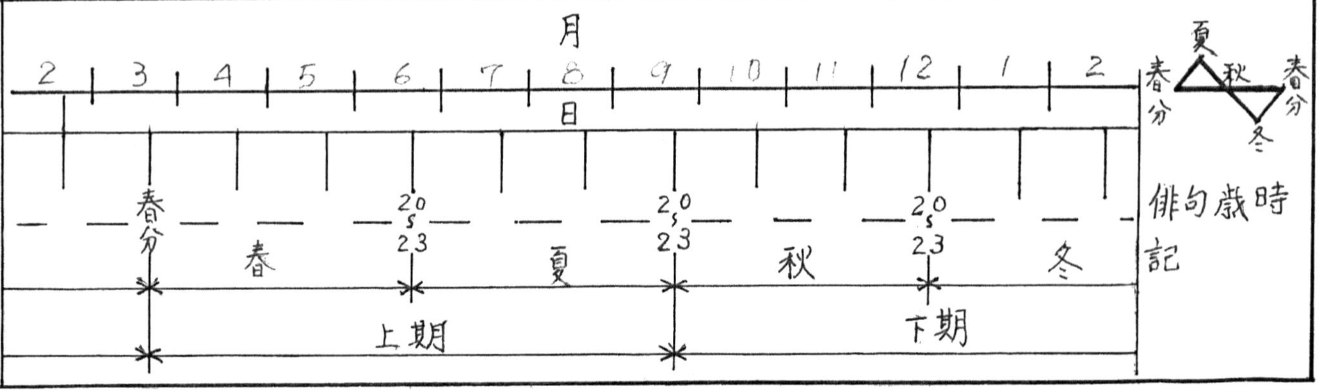

図２　季節と好感（黄金）数演算４則と5.7.5の回帰連分

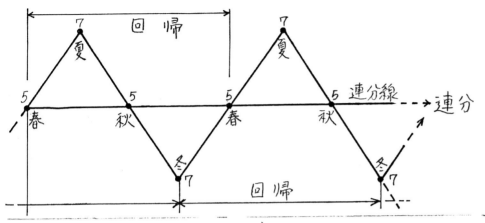

○春夏、秋、冬は5点をもって回帰線に戻り連分します。

○5.7.5は3点をもって回帰線に戻り、3角形(形の根元：可視化)を形成し自主独立します。5点をもって連分線に戻り連分します。7点をもって連分線に戻り連分型を形成します。
注：3.5.7は素数：自主独立

○好感(黄金)数1.618又は0.618は、演算4則の全て(+、-、×、÷)をもって、自己を回帰連分します。

注：○回帰連分は、万人が望む現象であり、現象の具現は、心地よく好ましく美しく安定する要件を満たします。
○畳短辺1、長辺2、対角線$\sqrt{5}$=2.236の好感数の内在に注目を。

畳基本寸法の3者相互関係式計算例

$(1+\sqrt{5})/2 = 3.236/2 = 1.618$
$(1-\sqrt{5})/2 = -1.236/2 = -0.618$ ーは向きなので0.618でよい。
$(2+\sqrt{5})/1 = 4.236 = (1.618)^3$
$(2-\sqrt{5})/1 = -0.236 = (-0.618)^3$
$(1+2)/\sqrt{5} = 3/2.236 = 1.342 = \{1.618/0.618 + (0.618)^2\}/(1.618+0.618)$
$(1-2)/\sqrt{5} = -1/2.236 = -0.447 = (1.618×0.618)-(1.618+0.618) = 1/-2.236$

相互関係数計算例

$1/1.618 = 0.618$、 $0.618/1.618 = 0.382 = (0.618)^2$
$\sqrt{5} = (1.618/0.618)-(0.618)^2 = 2.618-0.382 = 2.236$
$\sqrt{5} = 1.618+0.618 = 2.236$

図3　1字から3字までの3点組合わせ構成

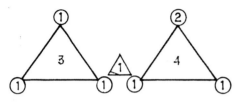
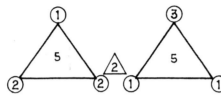
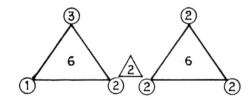
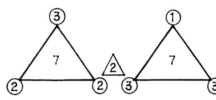
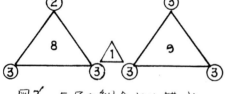

○ 3区分の数値の求め方

形の最小は3角形である。

言葉の構成は、1〜3字：92％、4〜5字：8％である説採用。3角形の頂点に92％の1〜3字を配置し組合わせの多少と素数の数値を求め、3区分節の数値を決めることによって、最適妥当の3区節の数を決定することができます。

○ 計算結果

1+1+1=3：1組，素数。1+1+2=4：1組合成数、2+2+1=5、1+1+3=5：2組，素数。1+2+3=6、2+2+2=6，：2組合成数。2+2+3=7：素数、3+3+1=7：共通数！3+3+2=8：1組合成数、3+3+3=9：1組合成数。

○ 計算結果からの最適数

7は素数(自主独立：自主自尊)3組または2組、5は素数1組素数2組と共通数1組、共通数1組ですから、7が最適2区分節優先順位になります。次いで5になります。3角形の頂点は7になります。

○ 最適2組分節決定

優先順位1位の7及び、5+7+5=17＜7+5+7=19の最小3角形から、5+7+5を決定：上5．中7．下5になります（17骨格と呼びます。

図3'　5、7の組合わせ構成

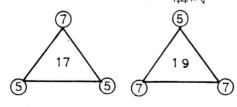

図4 俳句と長歌、短歌、施頭歌、仏足歌の骨格構成例

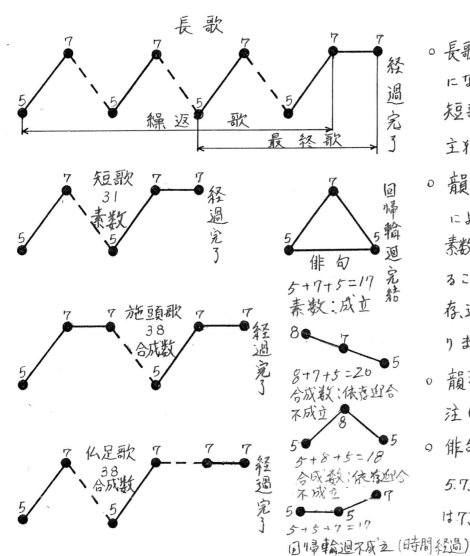

○ 長歌の最終歌を独立させたのが短歌になります。
短歌と俳句の構成骨格から俳句の自主独立の特性差がはっきりと分ります。

○ 韻律(リズム)詩は、全て5と7の素数によって構成されています。
素数は自主独立(自分自身だけでしか割ることができない)にして、合成数(依存、迎合の数)をつくり出す土台になります。

○ 韻律の根元は自主独立であることに注目を要します。

○ 俳句と短歌の差異は、俳句は5.7.5で5.7.5の回帰輪廻をなし完結します。短歌は7.7で経過完了になります。

図5 俳句 5.7.5 と対角線、面積、周長、面周比計算例

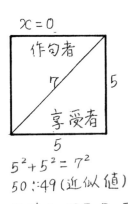

$x = 0$

$5^2 + 5^2 = 7^2$
50 ≒ 49（近似値）

面積A、周長R、面周比P、対角線D
$A = 5 \times 5 = 25$、$R = 4 \times 5 = 20$
$P = A/R$、$P = 25/20 = 1.25$
$D = 7.07$：近似値 7

$x = 1$ の場合 $D = 50 + 2x$, $(5-x^2)$, $(5+x^2)$

$x = 1$：$D = 7.2$、4、6
$A = 6 \times 4 = 24$、$R = 2(6+4) = 20$
$P = 24/20 = 1.2$
$D = 7.2$

$x = 2$：$D = 7.6$、3、7
$A = 7 \times 3 = 21$、$R = 2(7+3) = 20$
$P = 21/20 = 1.05$
$D = 7.6$

周長Rは、$x = 0, 1, 2$ の場合全て同値になります。

計算結果から、A、P、Dの比較
A： $x=0$：25 ＞ $x=1$：24 ＞ $x=2$：21
P： $x=0$：1.25 ＞ $x=1$：1.2 ＞ $x=2$：1.05
D： $x=0$：7 ＜ $x=1$：7.2 ＜ $x=2$：7.6

注：$x = 19$ の場合
$A = 19 \times 1 = 19$、$R = 20$
$D = 19.026$
$P = 19/20 = 0.95 \rightarrow 0$に近くなります。

比較から
$x=0$ のときの D は、5.7.5 の場合ですから、最小の対角線 ($5^2 + 5^2 = 7^2$) ＝ 最小文（語音）数になります。

$x=0$ のときの 5.7.5 の場合の A と P は最大になりますから、(A = 25、P = 1.25) ＝ 最大表現量になります。

文系のいうところの俳句は、最短詩にして最大の表現量を有する詩であるの補完検証の計算例になります。

図6 時間と形（面積）の根元

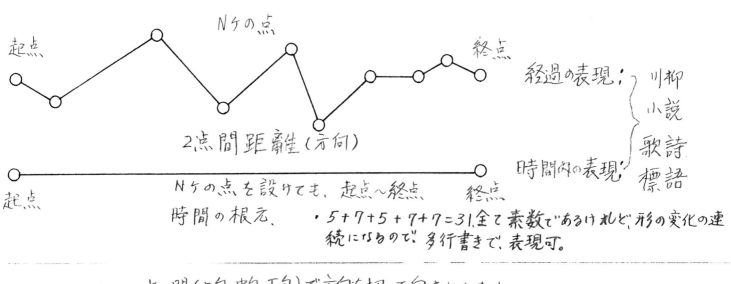

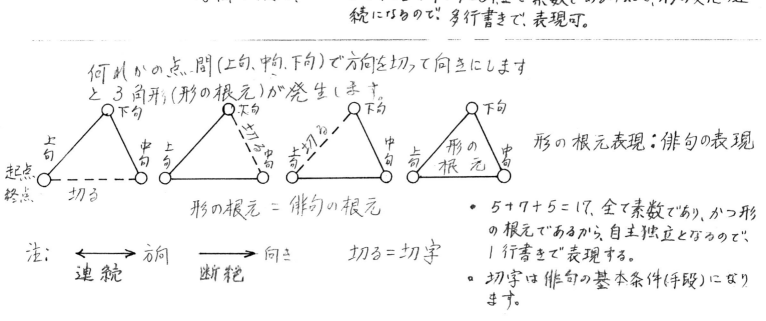

図7 切字の必要性と俳句成立条件

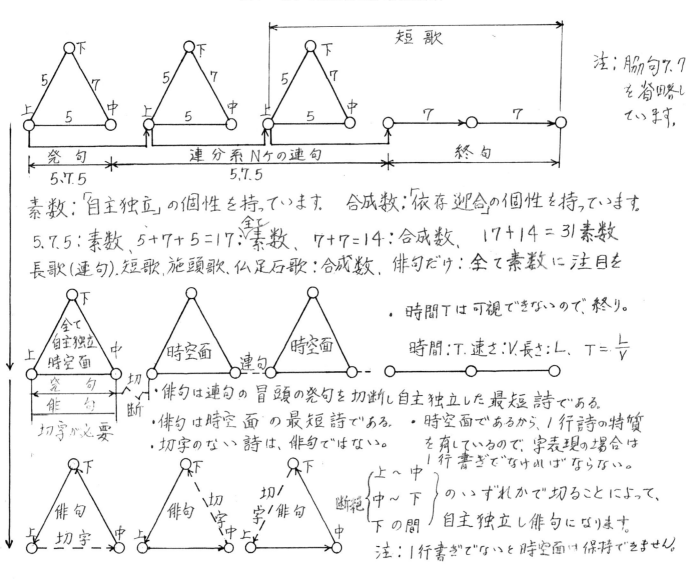

図8　俳句の骨格構成17の陰秘

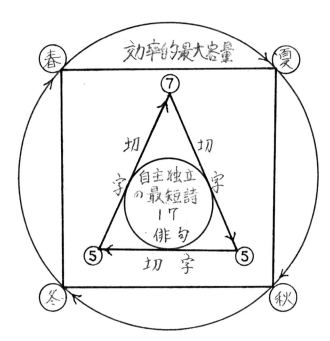

⌒→ ：天然の回帰輪廻（回帰連分）
──→ ：人工の回帰輪廻（回帰連分）

骨格構成からみれば、俳句とは、天然の回帰輪廻（4季）の中に生存できる感謝と天然現象への宗敬をこめ、日本国の語音に適合する人工の回帰輪廻（5、7、5：素数の特性）の規範を設けた最短にして、最大表現量の詩である。

注：骨格構成によれば、作句、享受における俳句への接し方は、① 4季〉② 5、7、5：17（自主独立）〉③ 切字〉④ 国文法又は物数理現象 従いまして、① 季不用論、② 5、7、5：17文字（語音）の過、不足の容認、③ 切字の不用意な採用、不採用、の絶無。④ 国文法又は物数理現象への精通が肝要になります。

図9　俳句の骨格構成の条件と成立

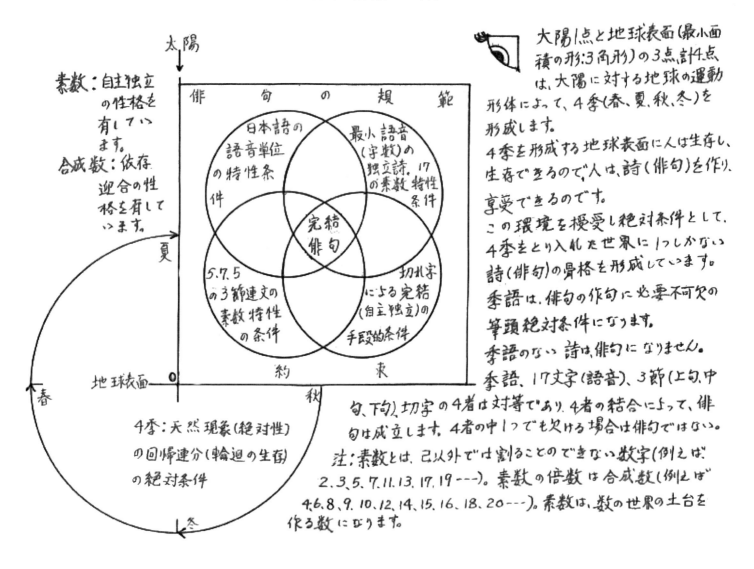

票1 一過性の俳句生産ノモグラム一例表（知識型AI）

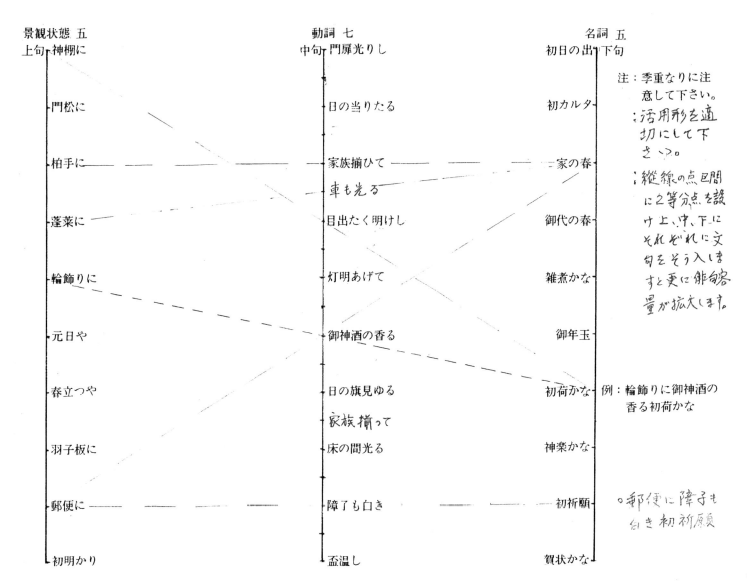

図10 俳句誕生と評価の流れ図

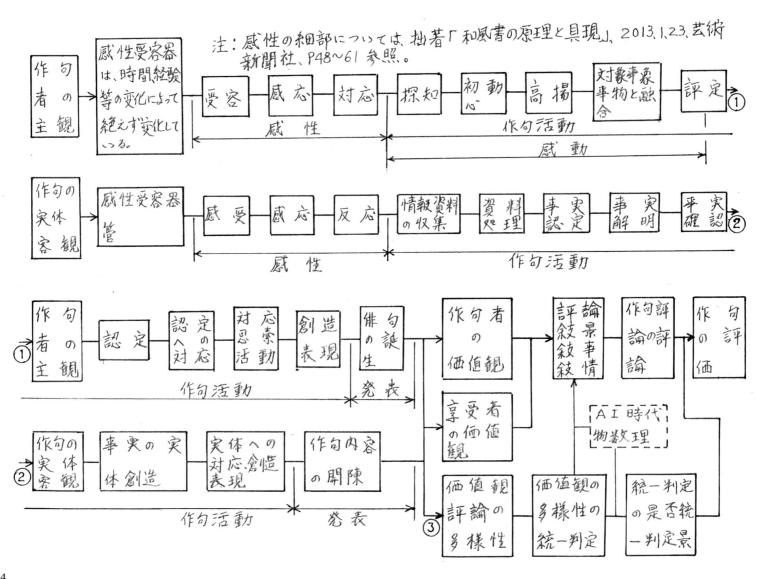

参考・数字語音から見た可、不可計測

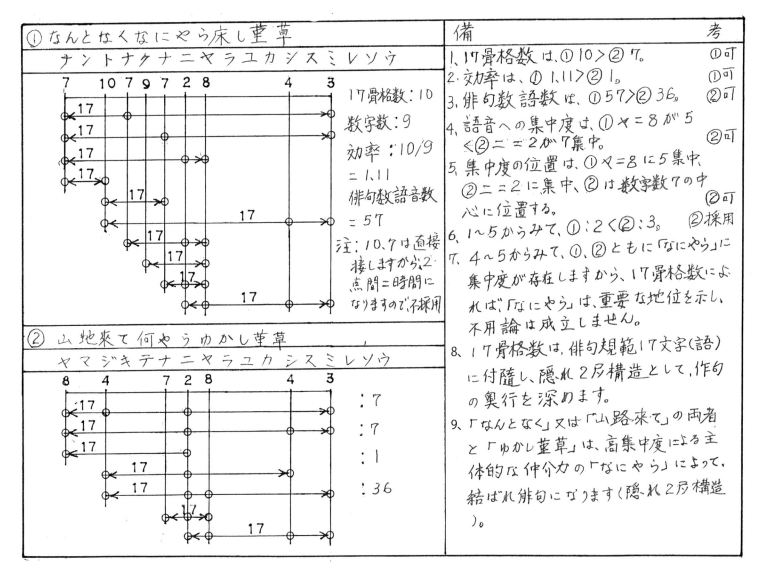

図11 ひとつ家に遊女も寝たり月と萩の分析

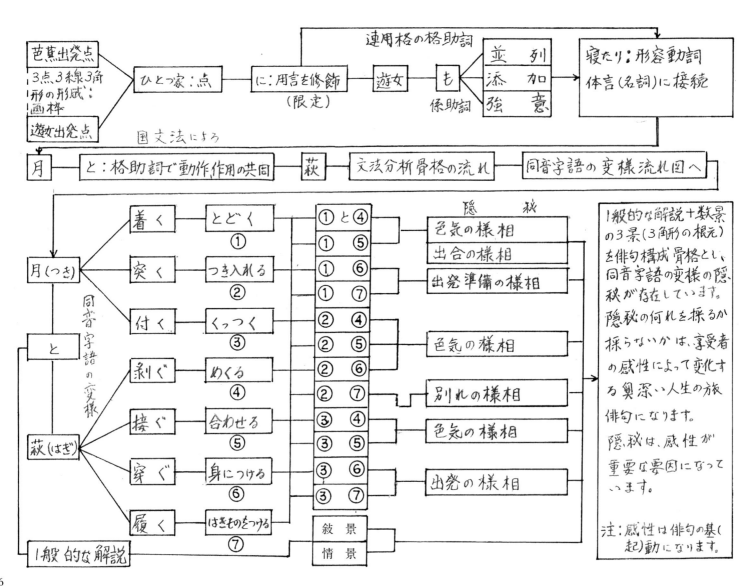

参考・数字語音から見た可、不可計測

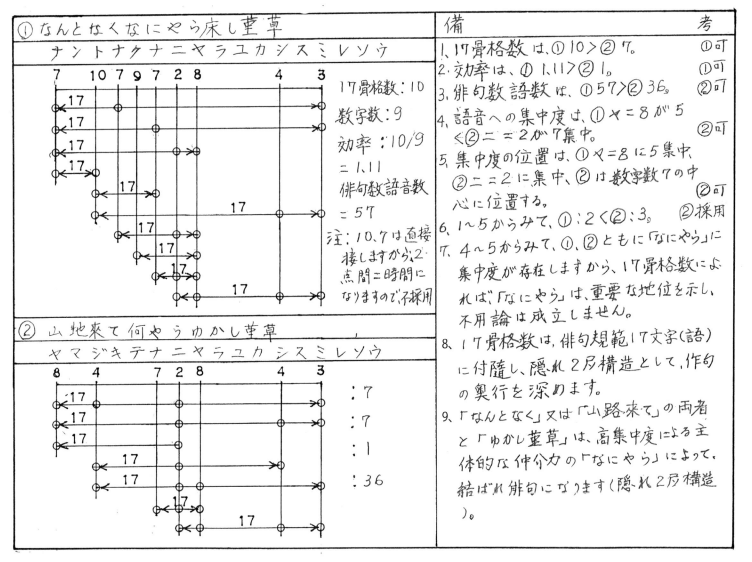

図11 ひとつ家に遊女も寝たり月と萩の分析

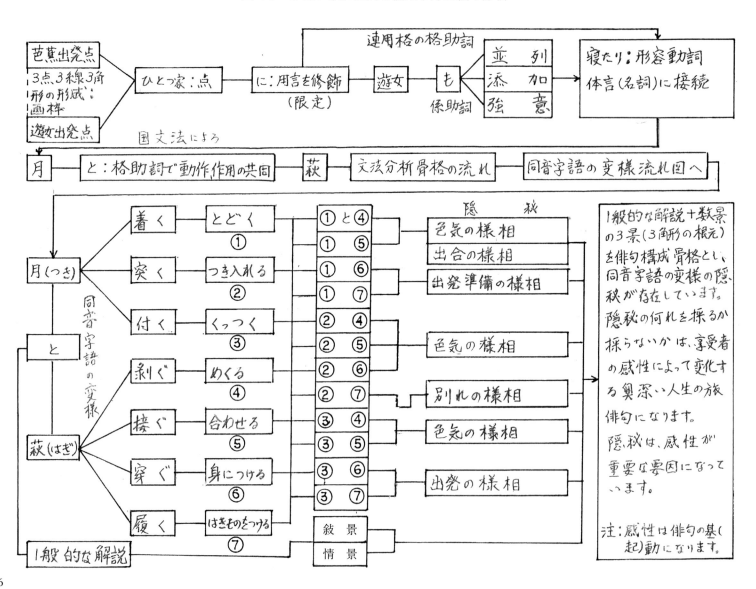

図12 「鶏頭の14.5本もありぬべし」の流れ図

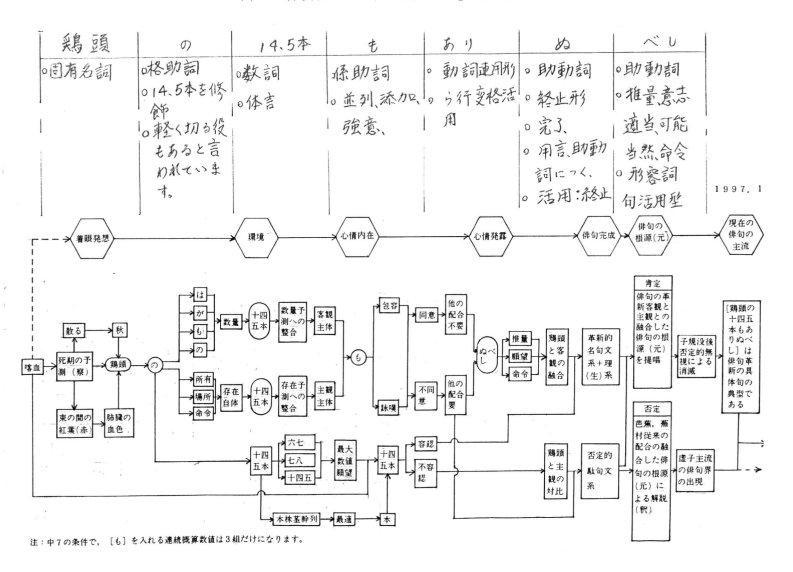

表2 作句における数形の組合わせ最適数値の計算（2数連）例

	2つの数	数の性質 素	数の性質 合	個々の掛算の元	数の性質 素	数の性質 合	個々の掛算の元の足算	数の性質 素	数の性質 合	2つの数の足し算	数の性質 素	数の性質 合	合計 素	合計 合	素/合	順位比:P
11~2	11と12	1	1	1×11 2×6 3×4	3	2	1+2+3+11+6+4=27	0	1	11+12=23	1	0	5	4	5/4	3
12~3	12と13	1	1	2×6 3×4 1×13	3	2	2+3+1+6+4+13=29	1	0	12+13=25	0	1	5	4	5/4	3
13~4	13と14	1	1	1×13 2×7	3	0	1+2+13+7=23	1	0	13+14=27	0	1	5	2	5/2	2
14~5	14と15	0	2	2×7 3×5	4	0	2+3+7+5=17	1	0	14+15=29	1	0	6	2	6/2	1
15~6	15と16	0	2	3×5 4×4 2×8	3	3	3+4+2+5+4+8=26	0	1	15+16=31	1	0	4	6	4/6	5
16~7	16と17	1	1	2×8 4×4 1×17	2	3	2+4+1+8+4+17=36	0	1	16+17=33	0	1	3	6	3/6	6
17~8	17と18	1	1	1×17 2×9 3×6	3	2	1+2+3+17+4+6=38	0	1	17+18=35	0	1	4	5	4/5	4
18~9	18と19	1	1	2×9 3×6 1×19	3	2	2+3+1+9+6+19=40	0	1	18+19=37	1	0	5	4	5/4	3

備考：
- 素：素数（自主独立）、合：合成数（依存、迎合）。
- 6/2 > 5/2 > 5/4 > 4/5 > 4/6 > 3/6 から、11・2～18・9における最適数形は 14・5 になります。
- 素/合の擬人化特性を考慮に入れた数形を作句に配合する際は、計算例に基づくことをおすすめします（AI時代）。

素数 200 まで。　素数：素　合成数：合

2	3	5	7	11	13	17	19
23	29	31	37	41	43	47	
53	59	61	67	71	73	79	83
89	97	101	103	107	109	113	
127	131	137	139	149	151	157	163
167	173	179	181	191	193	197	199

参考　松尾芭蕉（自画賛）その1 好感数による俳画計測

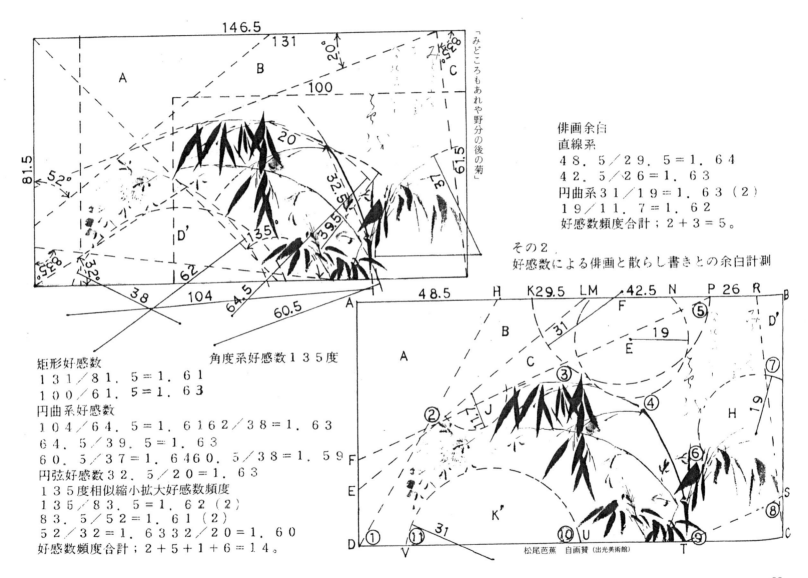

松尾芭蕉　自画賛（出光美術館）

参考図　古池や―――の分析組み込み流れ図

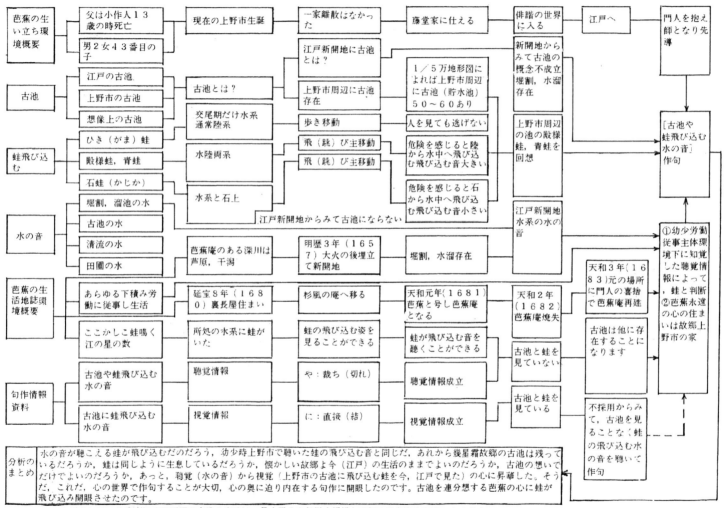

参考図　夏草や———の分析組み込み流れ図

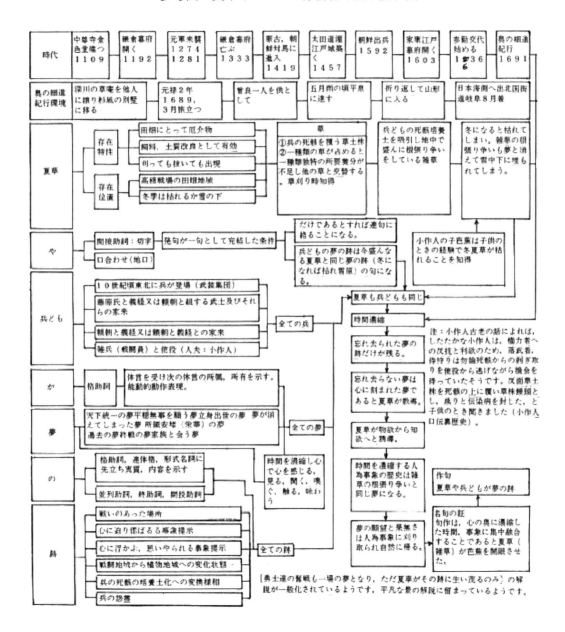

101

参考図　荒海や―――の分析組み込み流れ図

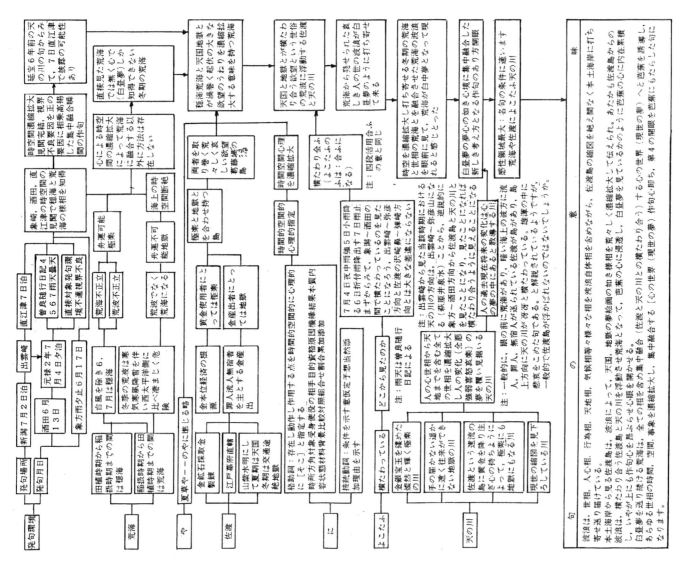

図13 閑さや岩にしみ入る蝉の声解明模式

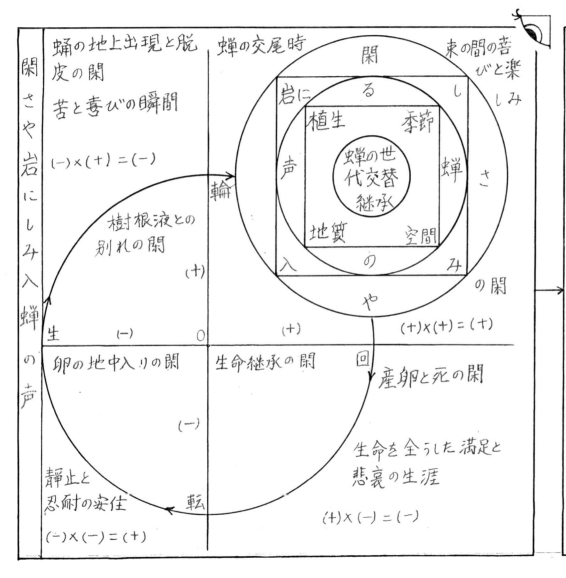

参考図　旅に病で―――の分析組み込み流れ図

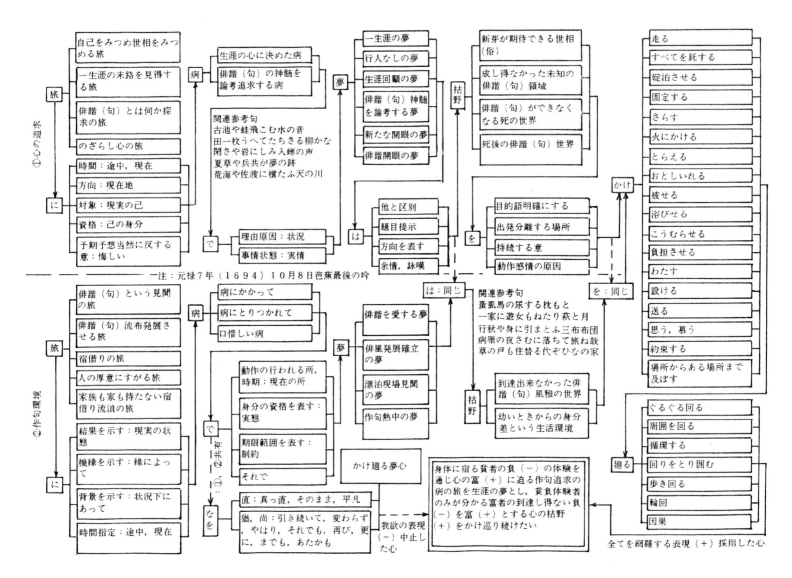

図14　旅に病で──句構成の分解・結合の流れ図

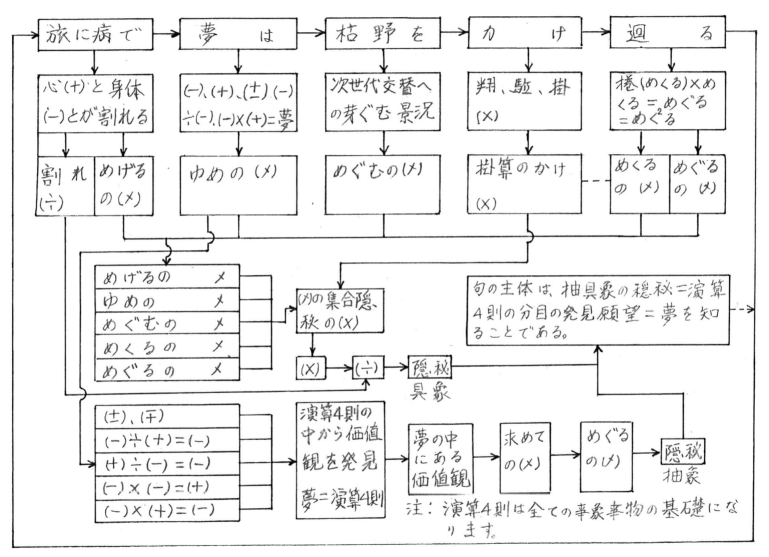

参考図　芭蕉俳諧（句）の有様と環境

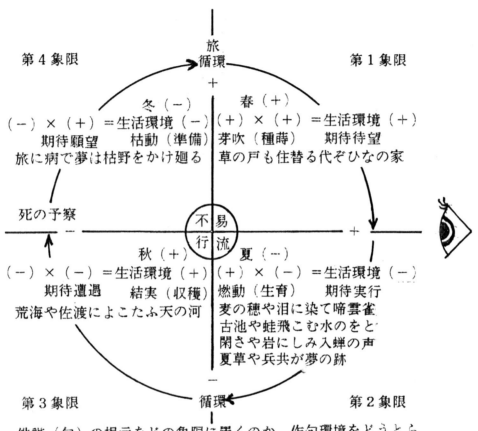

俳諧（句）の根元をどの象限に置くのか，作句環境をどうとらえるのかによって享受が変わります。
注：麦（大麦）の穂の形状そして雲雀の巣と麦株との安全位置関係，更には雲雀の囀と巣の掩蔽行動，加えて雲雀の巣への発着欺騙行動の環境を見聞しませんと［麦の穂や泪に染めて啼く雲雀］の真の享受は混乱を来すでしょう。

図15 「旅に病で」と「清瀧や」の俳句流れ図

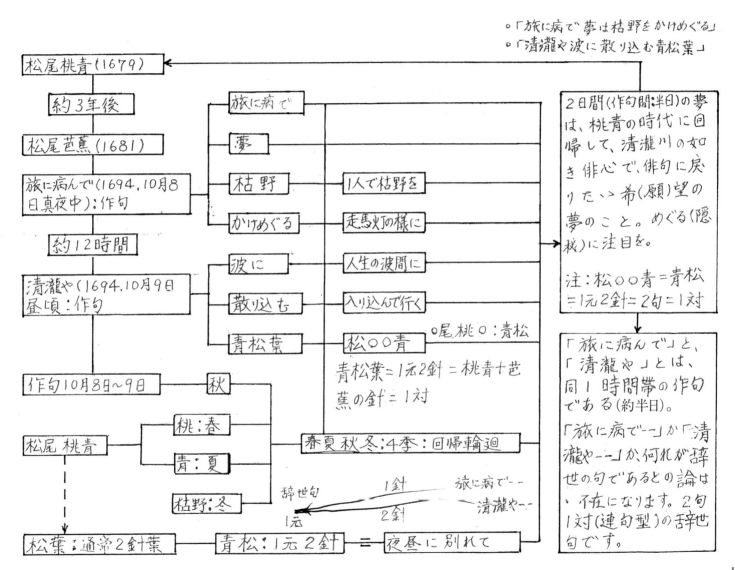

図16 陰秘17骨格計測例

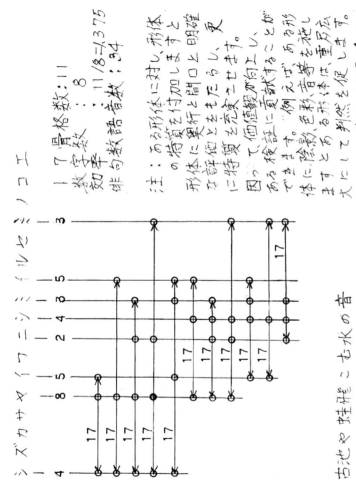

注：ある形体に対し、形体の特質を付加しますと形体に連行と関口と明確に特徴化とを売えられ、特徴を売たせます。

因って、価値観が向上し、ある検証に実試することがでます。例えば、陰影、色彩、音等を売し、ある形体は、重点反応として判然17骨格を、大にして陰秘17骨格、促します。

俳句17語句の規範に付加して、俳句音の文字を数字表に置換（相軸云称）しますと俳句文の特質を俳句文に向上させ、判然となる働きを更に促し、陰秘17骨格（音、陰影、色彩、等）俯瞰17骨格の類似現象。

17骨格数 ：8
数字数 ：8
効率 ：11/8＝1.375
俳句語音数：34

17骨格数 ：8
数字数 ：8
効率 ：8/8＝1
俳句語音数：45

17骨格数：8
数字数：8
効率：8/8＝1
俳句語音数：45

山路来て何やらゆかし菫草

17骨格数：7
数字数：7
効率：7/7＝1
俳句数語音数：36

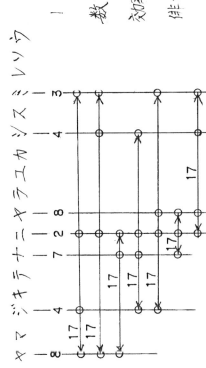

四五枚の田の展けたる雪間かな

: 3
: 5
: 3/5 = 0.6
: 22

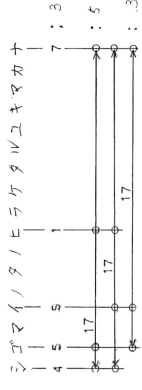

荒海や佐渡によこたふ天河

: 3
: 6
: 3/6 = 0.5
: 29

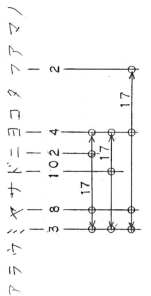

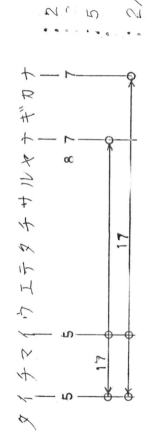
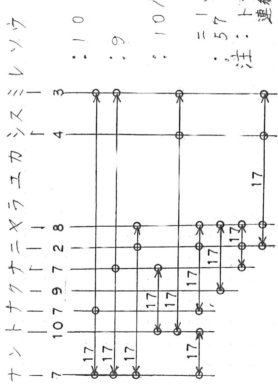
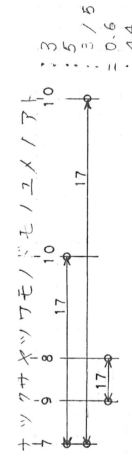

図16　その1　計算結果

計算結果 俳句	隠17骨格	数字(語音)数	効率	順位
閑さや	11	8	1.38	1
古池や	8	8	1	3
山路来て	7	7	1	4
菊五枚の	3	5	0.6	6
荒海や	3	6	0.5	8
清瀧や	4	6	0.67	5
旅に病で	1	4	0.25	11
柿くへば	0	4	0	12
鶏頭の	2	6	0.33	9
囲一枚	2	5	0.4	7
なんとなく	10	3	3.11	2
憲章や	3	5	0.6	6

①隠れ17骨格数が多ければ、充実度が高まり俳句の価値観が高まります（隠17骨格2重構成）。

②数字(語音)数と隠17骨格数の比が大きければ、効果的な俳句になります。

③形式美（物数理）による俳句の質的向上によって、体内感性への注入度が高まります（隠17骨格）。

④優劣の判断困難な場合の補完になります（例えば「古池や」と「閑さや」の場合）。

表3　○対△計算例

○対△	素数	合成数	○+○= ○-○=	素数	合成数	素数判定
2:0	1	0	2+0=2 2-0=2	2	0	3
2:2	2	0	2+2=4 2-2=0	0	1	2
2:3	2	0	2+3=5 3-2=1	1		3　1は共通数
2:5	2	0	2+5=7 5-2=3	4		4 4>3 採用
2:7	2	0	2+7=9 7-3=4	0	2	2
3:5	2	0	5+3=8 5-3=2	1	1	3
3:7	2	0	7+3=10 7-3=4	0	2	2
5:7	2	0	7+5=12 7-5=2	1	1	3
2:11	2	0	11+2=13 11-2=9	1	1	3
3:11	2	0	11+3=14 11-3=8	0	2	2
5:11	2	0	11+5=16 11-5=6	0	2	2
5:13 5+13=18 以下略	17の範囲内では素数4は2:5だけになります (俳句の骨格数17に準じ17範囲まで計算)。					

図表1　五輪エンブレム関連図表

その1　縦、横、斜の15の枡

2	9	4
7	5	3
6	1	8

4	9	2
3	5	7
8	1	6

8	1	6
3	5	7
4	9	2

6	1	8
7	5	3
2	9	4

図表3　9枡の縦、横、斜の15で素数は7、5、3だけ

注：日本の字の円形への変形についての理由は、拙著「和風書の原理と具現」P.15、参考9、13.1、23、芸術新聞社、参照。

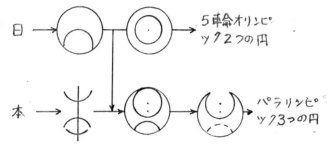

その2　円の図案、字型の変形基本

日 → 5車輪オリンピック2つの円
本 → パラリンピック3つの円

その5　円の基本形と好感(黄金)数

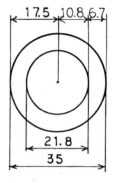

$10.8/6.7 = 1.612$
$17.5/10.8 = 1.62$
$35/21.8 = 1.61$
$21.8/13.5 = 1.615$
計：4

その3　2つの円の好感数

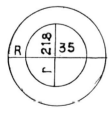

$35/21.8 = 1.61$

その4　重力偶力(モーメント)は均衡

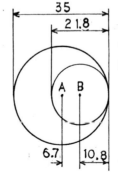

$35/21.8 = 1.61$
$10.8/6.7 = 1.612$
Aを中心として重力偶力(モーメント)は均衡(安定)する。(計算略)

図17　俳句の骨格構成の条件と成立

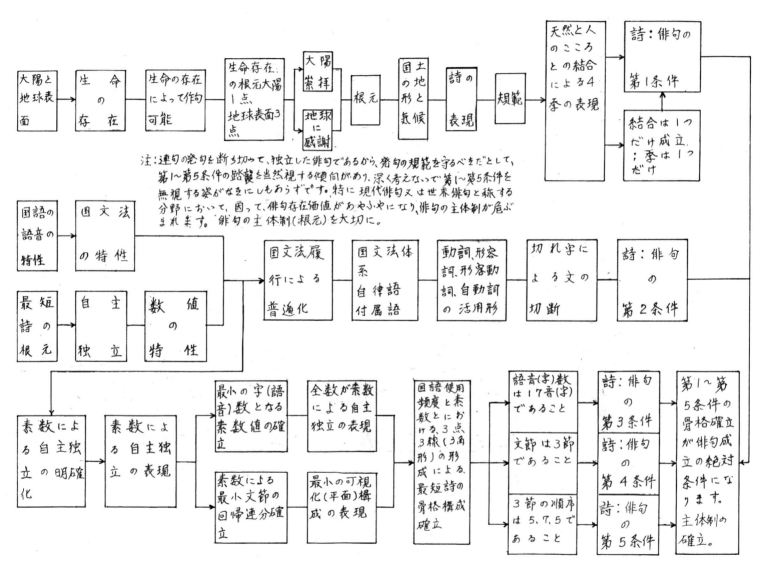

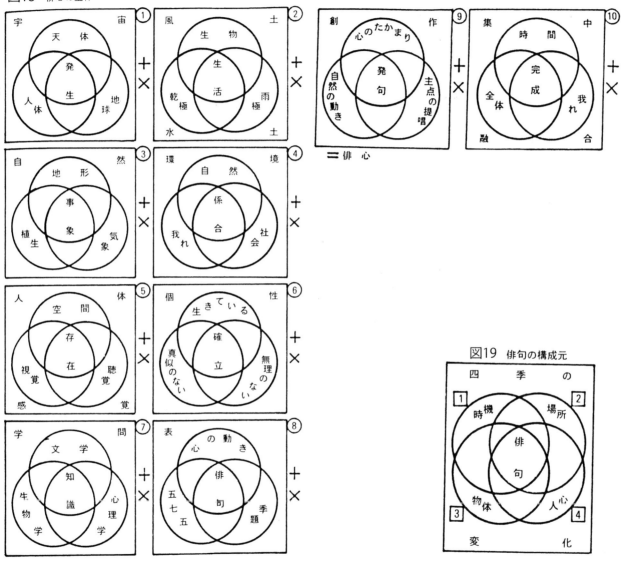

図20 連句回帰転生型俳句骨格構成例　　　　図21 連句従来型俳句骨格構成例

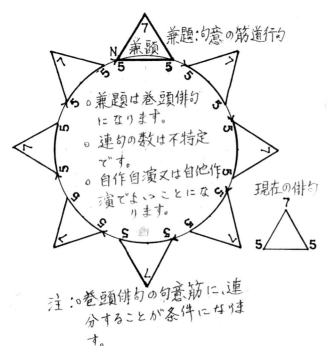

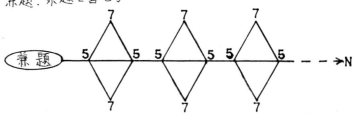

n：対句終了句数
N：対句数

図22 連句AI型俳句骨格構成例

兼題：出力要求生産句

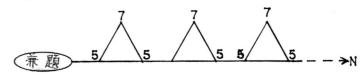

n：産出終了句数
N：産出句数

AI時代では。
文系＋理系＋科学技術の発達を基因とする、作句、享受(検証、選句、評論、教育)の心掛けが必要になります。

図20、図21、図22を見る目

V章

俳句落柿

落柿舎訪問

1　新横浜駅から京都駅まで

　落柿舎訪問等と、古風な見出しでは誰も相手にしてくれませんよ、もっと近代的な用語を使った方がよいと思いますが。表題は本文の主体を簡潔に表す意味がありますから、これでよいでしょう。素人考えはまともに認められないことを肯定し、自己満足のために、現場に訪れて自分自身で問いをつくって答えを出して一人で楽しむのも味なものですよ。なかなかよいことをいいましたね。貴方は〔わび〕の境地をいつの間にか会得していますね。〔わび〕とは、そんなにかんたんなことなのですか？　そうです、主流、反主流、予備にもなれない相手にされない余計者の身を転換し肯定したときをもって〔わび〕の境地に入ったことになるのです。そんなかんたんなことで〔わび〕の境地に入ったなんて眉唾ものですよ。そんな生やさしいものではないと文学者、教授、俳諧の大御所が怒りまずぞ。

　そうかな？　〔さび〕、〔しを（ほ）り〕との関係はどうなるのですか？　それでは俳句用語の基礎知識（角川書店・昭和59年1月30日）の定義の概要を見てみましょう。

　わび：わび（詫び）は、（詫ぶ）という動詞が名詞化された言葉で、詫びしい、即ちつらい、貧しい、やりきれない等、不満不足を感じて心細く思い煩う気持ちを表す言葉として、古くから和歌等の文学上の用語として使われている動詞が元来の意味です。つらさ、貧しさ等、心の不満を肯定したうえで簡素閑寂の心境に至ろうとする美的理念を表す名詞となりました。

　さび：さび（寂び）は、〔わび〕と同様に動詞の〔さびし〕が名詞化されたもので、喜怒哀楽を表す表現の一つの〔さびし〕が天地自然の幽玄の中にあって、静寂枯淡に洗練された情緒を志す美的理念を表す名詞として成立しました。

　わび、さびはともに蕉風俳諧の理念とされました。

　——〔わび〕は〔さび〕と表裏一体をなす理念である——

　しをり：語源としては（1）萎り＝しおれる意、（2）橈り＝たわむ意、（3）湿り＝しっとりしめる意の三説があり、それが美的理念を表す語に高められたとされます。

①：余情を深からしめるための句作りの曲折（頴腹退蔵）〔さび、しをり、細み〕頴腹退蔵全集第十巻。

②：細しなやかに弾力を持つしとやかさ（能勢朝次）〔芭蕉講座第六感〕。

③：象の表面のみに停滞しないで、その奥へ浸み透っていくのみならず、柔らかな曲線を描きつつ、その事象の内容を手落ちなく把

握し、某所からある哀れみを攫みだしてくるその動き方（小宮豊隆）〔さび、しをりについて〕。

④：(1) で表現された言葉の表面には風雅のおしつけがなく、理屈がなく、情景だけを述べて言外に風雅の情が含まれているような場合。

　　(2) 風姿として表れるが、その風姿――賤しくない姿である。

　　(3) たんなる姿ではなく、そこに時間的経過、時間の推移、時間に伴う動き、変化が示される必要がある。

　　(4) 何らかの意味で〔あわれ〕〔憐〕〔あわれなる方〕〔哀憐〕にちかい性質を持つもの。各性質を備えたものであるが、中でも③に特色のおかれるもの（井本農一）〔さび、しをり、ほそみ論〕。

⑤：――つまり生地が閑寂さを基調とするため、それに〔しっとりとした趣〕が加わったとき――（小西甚一）〔しほりの説〕。

　以上の定義で〔わび〕〔さび〕〔しを（ほ）り〕の意味が理解できたでしょうか。

　あっ、木曽川か長良川、揖斐川か？　どの川を渡ったのだろう。真っ赤な耕運機が中代掻きをやっているぞ。田植えか、子供の頃が思い出されるなあ〔代掻きて　やがて楽しき　夕餉かな〕

　小学三年生の頃から学校を休んで、母と一緒に地主さんのところに田植え作業に行き、三本鍬で馬牛の入らない三角田、棚田の荒代、中代、植代の代掻きと苗運びは、脚腰の痛みと疲れで悲しかったなあ、今でも忘れられないね。よくぞ生きていたという思いでいっぱいです。苗運びの天秤の肩への食い込みの痛さ、ふやけた足裏への凸砂利突き上げの痛さ、それよりも田植えの連続する腰曲げの方がつらかったなあ。ＮＨＫドラマ『おしん』もつらかっただろうが、あの頃の小作人の小倅の方がもっとつらかったと思いますよ（おしんの家は凶作を経験できる田畑を持っていたけれど、小作人は田畑も持てない）。だけど、一人前の働き手として認められて、白い米と鰊のこぶ巻き、てんぷらと豆腐の入った味噌汁を腹いっぱい食べられたのはうれしかったなあ。朝4時に起きて、苗代の苗を採り、手に持てるような苗束をつくり、何枚かの田を植えて夕餉は6時か7時だったんだ。

　農地解放がなかったら、今も小作人として労働提供だけで生きていたかもしれない。とすれば、私にとって戦時中は配給制度で平等の扱いを受けたし、敗戦後は農地解放を受けたし、戦争は吉だったのかもしれない。

　とんでもない方向へ脱線していますぞ。回顧趣味はボケの始まりですぞ。米原を過ぎましたよ。本線に戻ってください。

　〔代掻きて　やがて楽しき　夕餉かな〕もしかしたら、60年前の小作人の小倅の〔わび〕〔さび〕〔しを（ほ）り〕が句になってきているのかもしれない。いや、先ほど渡ってきた長良川の鵜飼いの影響が出てきたのですよ〔おもしろうて　やがてかなしき　鵜飼

いかな〕

　鵜が小作人の小倅であったとすれば、鵜も楽しき夕餉を持って、苦痛に耐えて鮎とりをしていたのかもしれませんよ。例えば、田植えの作業をしたことがない人は、真の田植えの作業のつらさがわからないということです。それで、何を言いたいのですか？　俳句界を代表し、俳句を解説（釈）する享受者、または選者は、あらゆる機会を通じて、あらゆる事象とその環境を実際に体験することが大切ですと言いたいのです。そうしないと、真の〔時、空、重〕を見極めた解説（釈）、選句にならないことが多いと思えるからです。例えば、芭蕉が私と同じ小作人の小倅であったとすれば、鵜の心情が真にわかり〔わび、さび、しを（ほ）り〕を肯定し会得した芭蕉は、芭蕉の幼きときの身と照らし合わせて、楽しかった光が去りゆく一瞬の哀しきにだけでなく、鵜の終焉までの哀しきになると思います。同時に、鵜を操る小作人の鵜匠の終焉まで含めて哀しきになると思います。地主の倅であったとすれば、一瞬の楽しかった光の去りゆく哀しきになるだけで、鵜と鵜匠までの想いが及ばないではないでしょうか。例えば、上流社会の謡曲（能）の方に想いがいくことになると思います。まあ、そんなこむずかしいことを言っても、俳句界がとりあげてくれることもありませんから、やめませんか。それよりも、〔わび、さび、しを（ほ）り〕とは何かをわかりやすく理系的に図示して、一見に如かずと決め込んだらどうですか。芭蕉の里訪問時これからの俳句は、文系と理系の両論によって第二の発展をなすべきだと唱えていたではないですか。言うはやすく実行は困難が現実ですから、無理かもしれませんがやってみましょう。

　インド人がゼロを発見したように、俳界の理系的大発見になればよいのですが、馬鹿だねえ、小作人の小倅に大発見ができるわけがありません。冗談、冗談、さてはお立合い。

〔わび〕とは
$M > -n$　の1次不等式になります。
M：我の願望。O：願望が満たされない〔時、空、重〕のわびしさ。$-n$：Oの価値観を転換し肯定した〔時、空、重〕の中に生きる我一人。
わび＝$-n$のこころになります。
$-n$のこころの経過は
$m = vt$の1次式になります。
m：我（作句者、享受者）のこころ。v：時間、t＝空、重の結果。

注：時＝時の流れ（過去、現在、未来）の対象。空＝欲望をみたしてくれないすべての空間対象。重＝我にかかるすべての物質重力（重さ）対象。

〔さび〕とは
－n＜（－n）×（－n）＝（＋n）^{2}＜Y　の２次不等式になります。
（－n）×（－n）＝（＋n）^{2}：－nを肯定した中において努力して生き抜く我一人を肯定する環境です。
Y：（＋n）よりも大きくなろうとした努力の結果の感知表現です。
さび＝－nのこころの中にあって努力した（＋n）の転換境地の結果になります。
空、重（t）の結果は、
t＝y／vの１次式になります。
y：（＋n）の環境よりも大きくなろうとする努力。

しを（ほ）りとは
〔わび、さび〕の〔時、空、重〕の中の事象に己自身も入り込み出合った一瞬の奥深さをじわじわと極めさせる句の姿になります。
〔空、重〕の極の結果（T）の姿は、
T＝dm／dv　dtになります。
しを（ほ）り＝－nの環境の一瞬の〔空、重〕をうつす永遠の極みの句の姿とこころになります。

　理系的に説明してもチンプンカンプンで理解できませんし、わかりませんね。理解ができないことは仕方ありません。〔しを（ほ）り〕の結論が００の――の――の――の――の姿とこころになります。５つも〔の〕がつくほどですから。去来、支考、丈草、許六等の蕉門人も理解しようとしても理解できず、〔十団子も　小粒になりぬ　秋の風〕先師（芭蕉）はこの句〔しを（ほ）り〕ありと評したと去来抄に記録されている程度ですから。
　まして、直接芭蕉の教えを受けなかった方々にはわからないことが正解になるかもしれません。理解できない、わからないが正解です。安心してください。それでは何も今さら考えることもないでしょう、一銭にもならないことを。そこが〔わび、さび、しを（ほ）

り〕の姿になるのですよ。

　それでは、図1・小作人からみた生きる象限（136ページ参照）を見てください。

　縦軸（X）、横軸（Y）とした象限を設けまして、上と右を（＋）、下と左を（－）にします。X：生きるための〔こころ〕、Y：生きるための〔もの〕とします。時計回りに12〜3時を第1象限としますと、第2,3,4象限が求められます。第1象限は：（＋n）（×＋n）＝（－n）^{2}、第2象限は（＋n）×（－n）＝（－n）^{2}、第3象限は（－n）×（－n）＝（＋n）^{2}、第4象限（－n）×（＋n9＝（－n）^{2}になります。

　第1象限：〔こころ〕と〔もの〕が（＋n）^{2}の満足ですから、欲望の満足の肯定になりますので、極楽の理念になります（結果としては、合意的に奪いとって生きるということになります）。

　第2象限：〔こころ〕は（＋n）の満足ですが〔もの〕は（－n）の不満足ですから、皆一緒に分けあって生きる平等創造の肯定になりますので、真の宗教の理念になります（結果としては、自己のない甘えに生きるということになります）。

　第3象限：〔こころ〕と〔もの〕が（－n）ですが（＋n）^{2}の満足ですから、欲望の不満足を転換する肯定になりますので、諦観を生かす理念になります（結果としては、欲得のない自然の流れの中によろこび生きるということになります）。

　第4象限：〔こころ〕は（－n）の不満足ですが〔もの〕は（＋n）の満足ですから、無聊、退廃、強い者勝ち、弱い者負け、の肯定になりますので、弱肉強食の理念になります（結果としては、力あるものが生きるということになります）。

〔わび〕、〔さび〕、〔しを（ほ）り〕の世界は第三象限に入ります。一般に多くの人は、第一象限を理想として生き　かつ　物事を考え行動しているようです。

　何か瞞されているような気がするなあ、もうちょっとわかりやすく例え話で説明できませんか？　例えば、〔わさびしお〕の〔わさ〕と〔さび〕と〔しおり〕とが〔わび〕、〔さび〕、〔しを（ほ）り〕を代表しますとか。〔わさびしお〕とは鼻と舌にツーンときますね。よいヒントを与えてくれました。これで顕現した説明ができそうです。

　寺社の屋根、鐘等に使用されている銅ですよ、赤がねと呼ばれ光沢のあった素材の銅屋根、鐘等は、時、空、重の経過とともに光沢を失い茶色のわびしい材に変わっていきます。

　絢爛豪華な黄金材と違って、茶色のわびしく変化した材は、自然の〔時、空、重〕として、抵抗なく貴方に融合してくると思いませんか？　融合してくると肯定すれば、この肯定が〔わび〕のこころになります。茶色のわびしい材の〔わび〕は、約10年（近頃

人工緑青が多いようですが、自然の緑青に比べますと不自然になります）を経て空気中の水分と炭酸ガスの作用によって緑青の錆が発生します。銅の錆は、銅の本体を自然と調和させながら、自ずとしとやかに守ります。自然と調和し自ずと守る結果の情景が〔さび〕になります。

　緑青の錆を発生させた材は、〔時、空、重〕の中にあって一瞬一瞬に変化する事象に融合し、過ぎていきます。過ぎて行く一瞬一瞬の極みの姿が句の姿になれば、〔しを（ほ）り〕の句の姿になります。

　〔わび、さび、しを（ほ）り〕は、寺社の緑青屋根、鐘等をこころにうつすことによってわかってきます。これでどうですか。どうやら納得したような気がしますが。〔しを（ほ）り〕がまだ納得んできません。それでは、〔しを（ほ）り〕は、本の頁の間に挟む栞のことを考えればよいでしょう。

　銅の表面は、天と地の間に挟まれて〔錆〕を発生させて緑青の姿になり、栞は頁と頁の間に挟まれ一瞬一瞬人のこころの事象に融合しますから、栞の情緒ある姿を思い浮かべればよいでしょう。

　〔しを（ほ）り〕は、難しく分かりにくいと去来を始め俳人、文学者が述べていますが、もしかしたら蕉門俳壇の最終の句の姿になる可能性があるからかもしれませんよ。最終の句の姿なんて、また小難しいことを言い出しましたね。これは途方もない問題ですが、案外〔奥のほそ道〕の〔月日は百代の過客にして、行かふ年も又旅人也──〕の中に最終の句姿が潜んでいるかもしれません。いや李白の漢詩の引用だと文学の権威者が言っていますから、暗記型のものまねになりますので、最終の句姿は創造できないのではないでしょうか？　一般的にはそうでしょうが、立場を替えますと創造になりますよ。

　李白の漢詩は第一、二象限の場において出てきた〔百代の過客──〕になり、芭蕉の句は第三象限の場において出てきた〔百代の過客──〕になります（図─1・小作人からみた生きる象限・136ページ参照）。象限の場が違いますから、最終の句姿の創造が潜んでいると考えてもよいと思いますよ。まあいいや、先に進めましょう。それでは、〔図─2・過客と旅人・136ページ参照〕を見てください。

　芭蕉は、第三象限〔わび、さび、しを（ほ）り〕の理念を根元とし、各象限の世界の旅を通して、第三象限の最終の句姿を確立したと言えるでしょう。

　時はどんどんと過ぎ去って行く、行く年も来る年も〔各象限の世界を旅人として生きて〕第三象限の句姿を創造し極めたいという芭蕉が小作人の小倅であったとすれば、俳諧の権威者の解説（釈）している筋書きよりも親しみが湧き、小作人の小倅同志がわかりあえるような気がするぞ。小作人の小倅といって威張っているようですが、小作人の小倅とは一体何人ですか？　小作人とは、生ま

れ故郷の栃木（全国的に大きな差異はないでしょう）では、一般に田畑を持たず野菜畑程度を地主から借用し、労力をもって借地代として、そのほかの生活手段は、あらゆる仕事の日雇作業人を行なって、生活をしている人を指しています。小倅とは次男坊以降の男子で生きていく後ろ盾がなく、主流、反主流にもなれない余計者で労働提供階級です。小作人の小倅は、NHKのドラマ『おしん』の主人公よりも低級者だったんですね。そうです。小作人の小倅は不作飢饉の経験すらできない階級だったんです。

　芭蕉が小作人の小倅であったとすればと仮定することは、芭蕉聖人に対し失礼にあたり、昔ならば大変なことになったと思います。仮定することをお詫び申し上げます。いやいや、その仮定が、芭蕉の提唱する〔不易、流行〕の〔流行〕にあたるかもしれませんから許しましょう。〔不易、流行〕とは何ですか？

　〔不易〕とは、第3象限の領域にある句の根元を変えないということです。即ち、その情を述べて、そのものをあわれむことです。例えば、〔わび、さび、しを（ほ）り〕の理念を堅持するということです。もちろん、四季と五、七、五と裁ち（国文法に準拠して）（切れともいいます）の3者は不易の根元になります。3者を忘れては俳句になりません。俳句以外の詩になります。

　〔流行〕とは、〔時、空、重〕の変化に応じ独創的な句を創造しなさいということです。

　〔不易、流行〕は俳句上の在り方になります。それでは、〔かるみ、はそみ〕とは何ですか？

　〔かるみ〕とは、第3象限の境地にあっての表現の心構えになります。

　〔ほそみ〕とは、第3象限の境地にあっての句意の焦点を絞る、明らかにする、求める、まとめる等の心意になります。

　〔わび、さび、しを（ほ）り〕は俳句の理念になり、〔不易、流行〕は作句のあり方になり、〔かるみ、ほそみ〕は作句の指針になります。理念、あり方、指針の区分を明確にしませんと、言っていることとの核心がわからなくなり、意味不明になりますので注意しましょう。例え間違っているとしても、何となくすっきりとしてきました。これで、芭蕉の俳諧思想の筋がわかったような気がします。あなたは相当なペテン師ですね。いやいや、小作人の小倅が理系的に考えただけですから、文系的には噴飯ものですよ。だけど、一理あると思いませんか、いかがですか？　この一理が〔流行〕の一部になるのですよ。

　便利になったもんだ、もう京都駅か。便利の代償にタワーが駅前に建って残念だねえ。物事には必ず一長一短があるのだから仕方がないね。それは諦めだね。第3象限に入りませんぞ、第2象限になりますよ。大覚寺まで定期バスで行って、あとは歩きだね。京都が〔不易〕で変わり行く街並みが〔流行〕か、いや、独創的は創造の変化に乏しいから〔流行〕とはいえないかな？　京都はいいね、日本人の故郷だ。間違いなく着いた、あそこが落柿舎か、やっぱり大きな柿の木が見える生け垣の前の道は人道だね車が通れない狭さでよかった。人道に沿って田んぼがある。いまだ荒掻きをしてないけれど休耕田かな、いや雑草が短いからこれから田起しを

するんだろう。

　去来の別荘落柿舎に芭蕉は、元禄2年（1689）12月4日と元禄4年（1691）4月18日から5月5日（4日？）まで、2回滞在したと記録されているけれど、小さな家だね。ここで嵯峨日記といわれている日記を書き留めたのだな、感激新ただなあ。門と家の間に立派な枝折垣根がある。孟宗竹の枝で編んである。去来が住んでいたときからあったのだろうか（更新はしているだろうが）あったと仮定すれば、この枝折垣根がもしかしたら、〔しを（ほ）り〕の語源になったかもしれないぞ。孟宗竹の派生材として邪魔にされ、捨てるか燃やすかよくて竹箒になるか、わびしく、さびしい運命の竹の枝がかくも立派な芸術作品になるとは、枝折垣根と家屋敷と前の田んぼとが融合していいね。前の田んぼが駐車場になったら落柿舎の命は終わりになります。いつまでも田んぼでいてくださいよ。駅前のタワーのようにならないでください。

　田んぼを前にする落柿舎は〔わび、さび、しを（ほ）り〕の神髄ですね。〔わび、さび、しを（ほ）り〕の解釈に手間取っている人は、落柿舎を訪問すれば、感得できますぞ。

　俳句吟行の方々がいるだけで静かだ、この柿の木は甘柿か渋柿かどちらだろう。〔わび、さび、しを（ほ）り〕の雰囲気によれば渋柿の方がいいね。〔や〕柿がいいね八や柿とも呼んでいる（栃木市在の方言、西の方からきた渋柿で、2×4＝8、八や柿＝や柿になったと母からきいたことがある。広島市在の西条（？）柿に似たドングリ型の大きな柿）（あるいは蜂屋柿という柿？）。

　垂れ枝についたまま真っ赤に熟した柿が鳥についばまれ、落ちた柿が小動物によって食べられている姿は、〔わび、さび、しを（ほ）り〕そのものだね。そこに山から霧が舞い降りてきたら最高の境地で、〔（ほ）〕の出番になります。これが〔を〕でなく〔（ほ）〕のきいた〔しほり〕の最終の姿になるでしょう。

　不易は和歌（＋n）×（＋n）＝＋n^2（王侯貴族の社会で第1象限）の世界、流行は俳諧の世界と言う学者もいますが、不易を第3象限 $\{(-n)×(-n)＝＋n^2\}$ しますと、新しい文学の世界を芭蕉が創造したことになります。芭蕉の提唱する〔不易〕は第3象限を根元としているのです。〔不易〕を第1象限とすれば、芭蕉の俳諧は根底から覆ることになります。例えば、〔田一枚　植えて立ち去る　八柿かな〕と落柿舎で詠んだとしたらどうですか？　俳句にならないと解説（釈）するでしょう。そのとおりです。田植えには、第3象限に生きる早乙女と同形態の動作を示す柳が似合うからです。柿は早乙女と同形態の動作を示さないから考慮外になるのです。田植えには早乙女が粘り強くしなやかで、最適ですから早乙女を隠しても外すことはできません。故に句の配合は自ずと柳が配合されることになります。ひとりで息巻いて難しいことを言っていますが、折角の落柿舎訪問ですから一句どうですか？　伝統ある文学界に理系界のことを代入するのが精一杯で、句が浮かんできません。

そうだ、今日帰らなければならないんだ、貧乏人はつらいね、だめだめ、つらいねは−nの境地を転換し肯定していません。第3象限から飛び出していますよ。そうかそうか、−nの境地を転換し肯定して+nにしなければ、落柿舎訪問の意義が成立しません、早く京都駅に行って座って帰るようにしなければ。

2　京都駅から新横浜駅まで

　席に座れ、まず一安心だ。季節がら妙に田植えのことがまとわりついて離れない。いや、子供のときの辛い苦しい体験（−n）を身体のどこかで覚えていて、脳を刺激しているのかも知れません。そういえば、芭蕉の里訪問のときにも田が白土だったので驚いたけれど、田んぼは山と同じく私の関心事として身体にしみこんでしまっているのかも知れない。

　芭蕉の里訪問のとき〔田一枚　植えて立ち去る　柳かな〕は、珍しい語数順序としてふれました。帰りは〔田一枚　植えて立ち去る　柳かな〕を問題としましょう。語数順序だけでなく、我こそは、俳句解説（釈）の第一人者と思われる方々の解説が異なっているのも、珍しいことです（表−1・田一枚　植えて立ち去る　柳かなの解説135ページ参照）。

　〔田一枚　植えて立ち去る　柳かな〕の句は、なぜ、様々な解説（釈）が出てくるのでしょうか？　小作人の小倅の立場に立って考えますと、様々な解説（釈）は、地主の倅が解説（釈）をしているからですの結論になります。おそらく、表−1の解説者は、田植えの実態を現場で体験していないでしょう。本当のことを知らないが故に、田地に密着した解説（釈）から外れ文学という空想の解説（釈）になるのです。様々な解説（釈）は、田地に密着しないで、文学上の問題としてとらえていることによって発生するのです。体験上の問題としてとらえますと、解説（釈）は、芭蕉の生い立ちから初めて、枯れ野をかけ巡るの終焉までを意味することになるのです。話の前座が長くなりますけれど表現力の乏しい、哀れさとしてお許しください。

　敗戦までの田植えについての復習からはじめましょう。苗代は種籾を蒔いて苗が育ちやすく、田植え作業に支障を及ぼさない所につくります。苗代の場所は屋敷内に田があれば屋敷内が最適になります。一般に代掻きは麦刈り田、菜種田、休養田等の乾燥田を掘り起こす荒代（水なし）、中代（水を入れて土の団塊を細かくする）、植代（水の流動性を利用して細かくした土を平らに掻き均す）の3段階になります。掻きならした土は、砂（粒径2mm〜74/1000mm）、シルト（74/1000mm〜5/1000mm）、粘性土（5/1000mm〜1/1000mm）、コロイド（1/1000mm以下）の順に沈澱し、濁水が透明水になっていき田面水鏡になります。一方、田に入る水は1000M進んで2Mよりも高くなる地形を流れる場合コロイドが流出して透明水になるといわれています。透明水が入る田は、植代が終わった段階で沈澱が進み早ければ半日程度遅ければ1日程度で透明水の田になり田面水鏡が生まれます。沈澱が進み終わるころ

から、植床がだんだんと固まり硬くなり苗植えに支障を及ぼすようになります。従いまして、苗植えと植代掻きの時間差を経験によって設けますと好ましい（挿し込みやすく、浮苗が少ない）田植えになります。この現れは、田植え人にとっての田植え時の風物詩（視）になるのです。田一枚は一枚の画枠になります。

　芦野の田んぼは1/5万地形図（黒田原、黒磯・137ページ参照）によれば、乾田で、概ね2/1000以上の勾配が計測されますから、平常水の場合は清水（透明）になるはずです。西行、蕪村の歌、句からも清水（透明）と推定されます。従いまして、田一枚の側にある柳は、神秘的な〔柳かげ〕を田面水鏡にうつすことになるのです。この時間差に現れる〔柳かげ〕は、主に田植え人だけが経験する現象になります。〔柳かげ〕は、田植え人の姿（柳の様に腰を折り曲げ、風に吹かれる柳の様に身体と手をリズミカルに動かす動作）と融合します。この融合は、幽玄と現実が夢（空、重が逆さになります）の様に現れ、本物の柳よりも本物の柳に見えます。さらに小糠雨が降りますと、この世と思えない程の情景を生み出します。このとき、田植え人は田面水鏡の柳かげと融合し、辛さ、苦しさを乗り越え転換した姿（これが本当の〔わび、さび、しを（ほ）り〕の第3象限の世界）に没入します。〔柳かげ〕を立ち去らせる主役の田植え人は、どんな人でしょうか？　敗戦前の栃木市郊外の山間部に例をあげますと、15才前後～40才代までの女性（妊娠可能な年代でないと長時間連日の苗植え作業はできない）になります。一般に早乙女と呼ばれています。
①地主(金持ち)にはなれないが田んぼ持ちで、家族だけで田植えができる家の早乙女。②田植え共同作業をする田んぼ持ちの早乙女。③受け取り（請負）田植え作業をする小作人の早乙女。④地主への奉仕（土地代金の軽減）をする小作人の早乙女。の4区分に概ね分かれます。男性は田起こし、代掻き、苗運び、苗束撒き作業が主対になります。敗戦までは、芦野の田植えも地形、地誌的にみて、栃木市郊外山間部と同様と受けとめられます。

　③と④の早乙女、特に③の早乙女は朝4時頃（薄明）から苗代の苗をとって、当日植える分の苗束を作ってから、朝食（地主提供）朝食後から日没間で苗植え作業をします。苗植えは人が歩ける道の反対側から人が歩ける道の方へ植えていきます。③と④の早乙女は黙々と苗を植えます。田植え歌を歌うのは①と②の早乙女です。芭蕉が小作人の小倅であったとすれば、主として③と④の田植え作業を経験したものと思います。なんだか、田植えのことをくどくど並べていますがどうかしましたか？

　やっぱりあなたは気が短いようです。忍耐が足りないようです。長々と述べてきましたが、次の例えばにつなぐためです。

　例えば、芭蕉が小作人の小倅であったとすれば当然、田植え作業の経験を持っているはずですから、田植えの始めから終わりまでと作業環境とを含めて知っていることになりますので、芭蕉が知っていると思われる田植え作業の内容と環境をくどくどと述べたわけです。

芭蕉が知っていたと思われます上野市周辺の田んぼの植代は、1/5万地形図（上野・138ページ参照）によれば、乾田で、上野市を囲む木津川（堤防）：1.8/1000〜3/1000（平均2.4/1000）、同様に1/5万地形図（黒田原・黒磯）奈良川（堤防）：0.9/1000〜3.6/1000（平均2.25/1000）の勾配が計測されます。概ね芦野の田んぼと同様になりますから、平常水は清水（透明）になりますので田面水鏡になります。
　田面水鏡を知っているとしますと、遊行柳、西行柳のそばにある田植えについての着眼焦点は、第1、2、4象限の立場ではなく、第3象限の立場において、田植え作業の進歩と田一枚にうつし出された、柳かげの一瞬の変化と一瞬の変化をつくり出した早乙女とを対象にしたと推察できます。
　着眼を絞りますと最低の生活を守るために、生きるために苦労する第3象限の早乙女が田一枚植え終わった瞬間に、年に1回早ければ半日遅くとも数日間だけしか現れない〔田面水鏡の柳かげ〕が田植え苗（苗によって水面の柳かげが分断され一様に見えません）によってとってかわられ立ち去る。田植えを終わって休むこともなく次の田植えに早乙女が立ち去る。植えての一瞬、時、空、重の一瞬、芭蕉は豊年であって欲しい可祝への心情になり柳かげから立ち去る。ここで、柳と早乙女と2者をとりまく時、空、重と芭蕉のこころとが集中融合します。さらに突きつめますと、年一回、己のかげを田面水鏡に現す柳と年一回、植えられる苗との筋書きによる遊行柳（朽木柳）、西行柳（清水流る柳）の空想も立ち去らした、早乙女の偉大な演出芸術を詠んだ句姿になります。演出のクライマックスは、田一枚植え終わって立ち去る田面水鏡の柳かげの柳になります。この一瞬本物の柳は芭蕉の眼から立ち去ります。焦点は〔柳かげの柳〕になりますね。そうです。〔柳かげの柳〕ですから季題になりません。季題は田植えになります。焦点を創出したのは早乙女です。柳かげが立ち去った一瞬、柳かげを見ていた芭蕉の焦点の中から〔柳かげの柳〕が立ち去ることになります（由緒ある柳に立ち寄ったのは動機であり、由緒は俳句の主体因にならないでしょう）。

注：1　〔梅柳さぞ若衆哉女かな〕（天和2年、1682、武蔵曲（千春選））から、〔柳＝若い女〕と詠んでいます。
注：2　敗戦前の苗は、現在の田植え機に適する苗よりも約2倍前後太く長い苗で、植える量が多かった。

　それでは、芭蕉が立ち去る、早乙女が立ち去る、柳の精が立ち去る、芭蕉が田を植え立ち去る2つの人格、主語のねじれ、曖昧さという入り乱れた文学者、俳人、教授の問答ではなく、全てが〔田一枚植えて〕立ち去ることになるのですね。そうです。全てが立ち去って、再び年が回ってくれば、また」、田植（早乙女）えが戻ってくるのです。これが、〔月日は百代の過客にして、行きかふ年も又旅人也（李白の漢詩を脱した）〕の時、空、重の一瞬の姿になるのです。この一瞬の焦点を創出した早乙女の辛い苦しい田植え作業の風雅美が〔わび、さび、しを（ほ）り〕の句姿（美と真実を見失わないこころの状態を持続する〔高悟帰俗〕）になるのです。

第3象限でしか作句をしない境地を確立し終焉まで持ち続けた、芭蕉の〔旅に病んで夢は枯野をかけ巡る〕の境地によく似合うのは、〔田一枚植えて立ち去る柳かな〕になります。

　〔柳かげの柳〕は、小作人の小倅によって発見されやすく、かつ、小作人の小倅がわかる境地ですから、もしかしたら地主（金持ち）の倅として生まれた方は、永久にわからないかもしれません。わからないときは〔柳かな〕を〔柳かげ（田面水鏡にうつる）〕とすれば、文学上もわかることになるでしょう。主語2つ、季語2つ論争も立ち去ることになるでしょう。もしかしたら、芭蕉は地主の倅にもわかる〔柳かけ〕と詠んだのかもしれません。あるいは、小作人の小倅になり得ない、能書家の素竜がもしかしたら、〔かけ〕を〔かな又は哉〕と写し間違ったのかもしれません。そういえば、かな文字の〔な〕と〔け〕は似ていますね。〔か〕：〔家〕（ふ）、〔な〕：〔奈〕（ふ）、〔け〕：〔介〕（ふ）になりますからね。

　〔田一枚植えて立ち去る柳かな〕、〔田一枚植えて立ち去る柳かけ〕のいずれを探りますか？

　文学者、俳人でもない小作人の小倅が文学論、俳論を論じても誰も見向きもしません。そうです、わかっています。ただ、俳句の解説（釈）の分野に漢詩、王朝文学の歴史、文法、配合だけではなく、作句者の発想の素になる作句者と社会とのかかわり合いの人生経験から見た解説（釈）（子規の句では子規の病状を考慮していますが）もあるのではないかと言うことです。もしも、芭蕉が私と同じような境遇で育ったとすれば、私の解説（釈）と同じような作句環境になったのではないかと夢を見ているだけです。

　芭蕉の俳句を解説（釈）するにあたっては、芭蕉の十歳前後の後半の家庭環境を調べることも一理あるのではないでしょうか？
折角、落柿舎まで行って〔わび〕、〔さび〕、〔しを（ほ）り〕を極めようとした〔こころ〕に汚点がつきますよ。下手な考えは止めた方がいいですよ。日頃考えたこともないことを考えているので、後から後ろから考えが出てきて止まらないの、もう少しだけ考えさせて下さい。

　〔閑かさや岩にしみ入る蝉の声〕の時、空、重は〔聴覚〕が主体であり、〔田一枚植えて立ち去る柳かな（け）〕の時、空、重は〔視覚〕が主体になります。前者は〔聴覚〕の名句の旗頭になり、後者は〔視覚〕の名句の旗頭になると思います。

　〔清水流るる柳かげ〕の柳かげは、西行が立ち寄ったときの柳が地面に現れる柳、あるいは柳らしきものと推定（よく見えないので）される柳になります。〔立ち去る柳かな〕の柳は、年一回数日間だけ田面水鏡にうつし出される柳かげの柳になります。芭蕉は柳の木の付近にいて、田面水鏡にうつる柳かげが田植え苗によって消え去る柳を感知したのです。

　植えて立ち去るの〔て〕は植え終わったときの1つの目標達成から次の目標に移る状態と植え終わった後の他の情景に移る環境と植え終わった時の情景を見た心の移る情動との3つになると考えます。更にこの3つの全てにかかる〔直に（一瞬）〕の意が含まれ

ています。

　小作人の小倅の立場から、分析しますと〔田一枚植えて立ち去る柳かな〕は、曖昧とか安易とかというところはありません。芭蕉のいった言葉に〔春雨の柳は連歌の世界である。たにしをとる鳥（注：生きることに密着した）は全く俳諧の世界である――松のことは松に習へ、竹のことは竹に習え〕は分析結果と同調するようです。我田引水はいけませんよ、第３象限からはずれます。そろそろ止めた方が無難ですよ。まだ名古屋を過ぎたばかりではないですか。

　科学的に証明できない文系のほとんどの発想は、生い立ち（環境を含む）によって、大方決まるようです。象限で表しますと。例えば（図―１・小作人からみた生きる象限・136ページ参照）。

　第１象限の生い立ち人は、第３象限と反対の象限になりますから、第三象限の生い立ちがわかりませんので、芭蕉が例え小作人の小倅であったとしても、芭蕉を資質的理解対象としてとらえ、田植え人が立ち去る、芭蕉が立ち去る、柳〔空想上、文学上〕が立ち去るの主体論争、または文法論争を提起するでしょう。

　第２象限の生い立ち人は、こころ豊か（＋）で第３象限に隣接していますので、芭蕉を心情的理解対象としてとらえ、年１回の田植え作業の成果と豊作とを祈念する田植え人のこころを柳に託して田植え人が立ち去る。芭蕉も同じこころで立ち去るの心情論争を提起するでしょう。

　第３象限の生い立ち人は、芭蕉を素質的理解対象としてとらえ、田一枚が苗で埋めつくされたので、田面水鏡の柳かげが立ち去る、田植え人が立ち去る、田面水鏡の柳かげが立ち去るので、本体の柳、西行の柳、朽木の柳も一瞬芭蕉の心情焦点から立ち去る。即ち、田植え人の辛い苦しい労働の演出によって、生じる立ち去る柳と当事者事象との集中融合論争を提起するでしょう。第４象限の生い立ち人は、物豊か（＋）で第３象限に隣接していますので、芭蕉を情的理解対象としてとらえ、早乙女の尻高々とあげての柳振り姿に似た艶ぽい柳腰の早乙女柳が疲れもみせず立ち去る。芭蕉も疲れをみせず柳から立ち去るの情景論争を提起するでしょう。
注：Ｘ、Ｙの座標点（Ｐ）がＸ＝Ｙの等式で絶対値Ｐが大きければ大きい程、各象限の特性は明確認になり、Ｘ＞Ｙ、Ｘ＜Ｙの不等式の絶対値Ｐが大きい程、またはＸ＝Ｙの等式で絶対値Ｐが小さければ小さい程、各象限の特性は不明確になります。

　第１、２、４象限の生い立ちは、乾田の田植え時季に訪れて苗を植えているところをみてください。側に柳（立ち木でもよい）があれば、本物の柳よりも柳らしい田面水鏡の柳（立ち木）を見ることができるでしょう。田面水鏡は季語になるかもしれません。

　次は、芦野を訪れたいね。田植えの請け負い（取り）をしていた無学の母の田植えにちなんだ一句を思い出しますと、〔正夢と苗配らなむ夜明け田に〕無学の母でも見様見真似で句を作ったのです。小作人の妻が作った句など、その場限りで終わりになるのです。

この句を何と解説(釈)すればよいでしょうか。第1象限の方は解説するにいたらない句であると評するでしょう。これが小作人の〔わび、さび、しを（ほ）り〕文化だったのです。我が国の文化（学）の中で唯一の空白域は小作人（人口構成で一番多いけれど）の文化（学）研究です。芭蕉でさえも小作人文化（第3象限）の中に一歩踏み込んで過ぎ去ったように見えます。

　第1、2、4象限の文化は世界共通として存在するようですが。第3象限の文化は、我が国独自の文化であり、他に類のない文化なので、第3象限の深奥は極め憎く、かつ、発展普及することは難渋します。日本人がこのことを自覚し、第1、2、4象限から発する情報資料の波に呑みこまれないようにしないと、やがて、第3象限の〔わび、さび、しを（ほ）り〕の具体的事象を掲げ創設した、芭蕉のこころが消滅してしまうのではないでしょうか？　いや、今や幻想的存在として、若者に受け止められているかもしれません。俳諧大御所の責務として、不易の根元を求め確立した流行（独創創造）の推進と不易流行の具体的施策の奮起を願ってやみません。その具体策例のひとつは、理系考を文系にとりこむことです。白露も、白露を（続芭蕉俳句研究、大正13年刊）の〔も〕と〔を〕の論争〔それでは余り理詰めになります〕における理詰め否定考や、流行＝不易などの解説（釈）がなくなると思います。情報化、ＤＮＡ化の時代です。文学に理系をとりこみ理路整然とした奥深い文学が要求される時代になってきたようです。表紙の俳画が総合結論になります。田植えの時点的経緯と郭公の托卵特性と里の杜（理系）を知るか知らないかによって、表紙の俳画の解説（釈）に相違を生じ結論が変化します。

ほら、ホラ吹いていないで、新横浜駅ですよ。明日から、日常生活に戻るのですよ。日常生活の中に、〔わび、さび、しを（ほ）り〕を見つけ出し不易となし、流行を終焉まで忘れず、日々を送ってください。今回も有意義な訪問でした。

〔こだまなる窓辺を過ぎる田植えかな〕、〔音のねに近き加速や田植え窓」、〔田植え経て時空重みるこだま窓」。

追記：1

　もしも、芭蕉が小作人の小倅であったとすればとして、落柿舎訪問の折り、〔田一枚　植えて立ち去る　柳かな〕について、設想をしました。もしもの仮設設想が本当になりそうな本がみつかり、正夢かと、びっくりしています。概略を抽出し紹介します。

〔芭蕉二つの顔〕、田中　善信　著、講談社（1998.7、10）

——兄弟姉妹は芭蕉を含めて、六人、兄と姉が一人ずつ、妹が三人いた。——（注：芭蕉は次男になります）

——与左衛門は農家の長男ではなかったとみて誤るまい。——（注：与左衛門は芭蕉の父になります）

——現在にいたってもなお芭蕉の母の生家については何もわからない——

——芭蕉が士分に取り立てられたことを記した文献はない——

──父与左衛門は全く郷士なり。作りをして一生を送る──
──作りとは農耕のことであり、──与左衛門は、単純に考えれば百姓だったということになる。──
───与左衛門も、おそらく自分の土地を持っていなかったと思う。──与左衛門も小作をして生活をしていたのだろうと思う──
───明暦二年（1656）二月十八日、父の与左衛門が没した。当時芭蕉は十三歳であった──松尾家がどのようにしてこの大ピンチをしのいだかわからないが、とにかく何とか食いつないで一家離散することもなく松尾家は存続した。──
───芭蕉の父が〔作り〕をしていたという伝承は延宝期の古地図が発見されたことで傍証が得られた。──
以上のことから、芭蕉の幼小時（13歳頃）は、私の13歳頃の田植え作業時の境遇と似ているので、芭蕉も田植え作業を行なったと推察できよう。とすると、落柿舎訪問時の私の解説（釈）も成立する希望が出てきたことになります。
追記：2
松尾　芭蕉の俳諧紀行〔奥の細道〕の直筆本が大阪で発見された（読売新聞、96、12、2）。概略を抽出して紹介します。
──芭蕉終焉の地、大阪で見つかった。──
──奥の細道は、旅を終えて、四年後から執筆されたという。さらに稿が定まるまるでの間、芭蕉は推敲に推敲を重ねた──
──鑑定に当たった桜井武次郎、神戸親和女子大教授──
──句も改められた。〔水せきて早稲たばぬる柳陰〕は〔田一枚植て立去る柳哉〕に──
──古書の鑑定に100％はない。だから桜井教授もあえて〔99％間違いない〕としているのだが、今回の発見で芭蕉関係の文献や資料の見直しと研究が一層進むことになるだろう。──
注：〔柳陰〕と〔柳哉〕及び〔早稲たばぬる柳陰〕も当面の研究の一対象になるでしょう。〔水せきて早稲たばぬる柳陰〕が改められて、〔田一枚植てたち去る柳哉〕になったとすれば、芭蕉の幼少時の経験が推敲の原動力になったと、言えるかもしれません。早稲は、中国、九州地方などで呼ばれている早稲植＝田植始から、〔早稲たばぬる＝早苗たばぬる〕──となりますので、両句は時季的に合っています。〔水せきて〕は、水路を堰止めて田んぼの水口に水を入れて、または、田んぼの水口から勢いよく水が一斉に行き亘って──となるでしょう。

表—1　田一枚植えて立ち去る柳かなの解説

書　名	出版社	解説者	解説概要	備考
芭蕉句集	岩波書店	大谷篤蔵	ーーふと気付くと早乙女は田一枚植え終わっている。思わぬ長居にやっと腰をあげて立ち去る意ーー	芭蕉が立ち去る
芭蕉，蕪村，一茶	さ，え，ら書房	沢田繁二	さきほど植えはじめた一枚の田はもう植え終わっていました。われに帰り芭蕉は次の句をよんでその芭を立ち去りました。ーー	芭蕉が立ち去る
芭蕉	新潮社	山本健吉	ーー早乙女たちの手振りに見とれ田植え唄に聞きほれていた一種の劇的時間の集結が同時に芭蕉の放心からの解放であり，解放が［立ち去る］という行為となって現れる。ーー	芭蕉が関心事から立ち去る瞬間
松尾芭蕉	筑摩書房	緒形仂	ーーみずから神の田に下り立ち，早乙女たちとともに田一枚を植えて無量の思いを残しつつ，静かにその前を立ち去って行く。［立ち去る柳］とは実は立去りがたいの柳の反語なのだ。ーー	①芭蕉が立ち去る②立ち去りがたい柳即ち，柳が焦点
おくのほそ道	岩波書店	安東次男	ーー植えて立ち去る真人は芭蕉自身だと覚らせる。ーー	芭蕉が立ち去る
おくのほそ道	講談社	田辺聖子	ーー農夫たちが田一枚植える間，呆然と思いふけっていたという句。ーー	我を忘れ去って思いにふける
奥の細道を読もう	さ，え，ら書房	藤井圀彦	ーーいつのまにか一枚の田を植え終わってしまった。わたしもぞろぞろ立ち去って，みちのくの旅をつづけよう。ーー	芭蕉が立ち去る
松尾芭蕉集／与謝野蕪村集	創美社	竹西寛子	ーー早乙女が田一枚植え終わるまでの，しばしの憩いを柳かげに過して，ゆかりの［遊行柳］を後にする。ーー	芭蕉が立ち去る
芭蕉集	ほるぷ社	雲英末雄	ーーはやいつの間にか早乙女たちは，田を一枚植え尽くしていた。時のたつのに驚き自分はそこから立ち去ったことだ。ーー	芭蕉が立ち去る
俳句の文法論議	東京美術	石井庄司	ーー［植える］は早乙女，［立ち去る］は芭蕉ではーーそれがほんとうではないかと思われる。ーー	芭蕉が立ち去る
芭蕉の誘惑　追記	朝日新聞の紹介	嵐山光三郎	ーー柳の精霊が田を一枚植え去った情景を詠んでいる。ーー	柳の精霊が立ち去る
その他			ーー田植えする百姓たちが立ち去ったものと見，［植えて］と［立ち去る］を同一の主語で統一（小宮，阿部説）。ーー作者が柳のもとを立ち去る（安部，太田説）ーー明らかに［田一枚植えて］と［立ち去る柳かな］との，二つの詩句のあいだには，俳句地の上で断層がある。ーー文法的にはこの句には二つの主語があるがーーこの句の欠陥は［柳かな］という結句の安易さにある。表現としてマンネリズムであり，この句においてそこだけが，詩句として完全昇華しえてないのである。ーー（芭蕉，新潮社，山本　健吉）季語は［田植え］で五月，［柳］は単独では春になる。（松尾　芭蕉，筑摩書房，尾形　仂）	

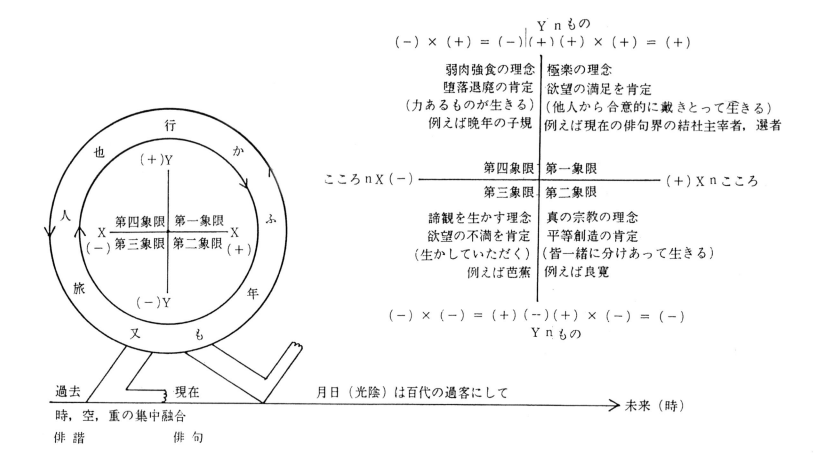

図―2　過客と旅人　　　　　　　図―1　小作人からみた生きる象限

1／5万地形図（黒田原、黒磯）

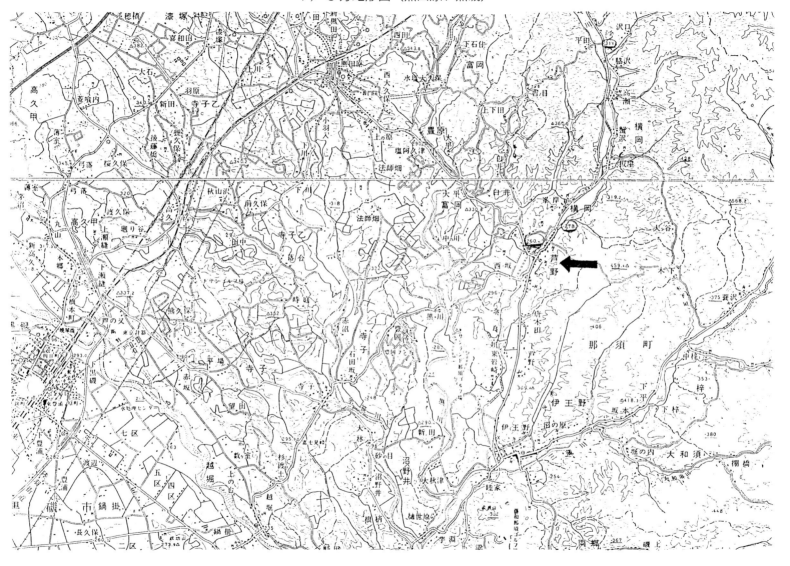

V章 俳句落柿

1／5万地形図（上野）

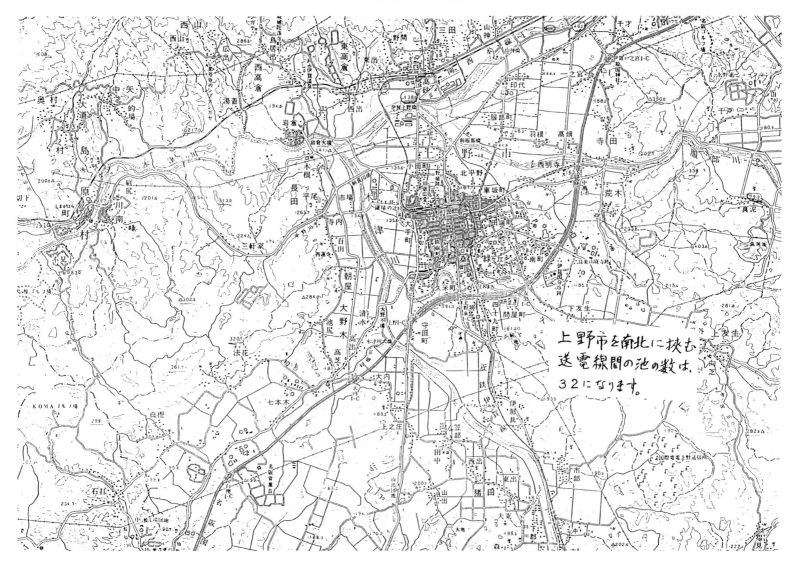

138

Ⅵ章

子規病床訪問

梅雨明け宣言を耳にしながら、目には鶏頭が赤い頭をちらつかせている。子供の頃の鶏頭は赤紫だったけれど、今は赤白している世の中の変化とともに、鶏頭の開花も色も多様に変化する様です。鶏頭は秋の季語なのにもう頭を出すとは奇妙な変化です。

　奇妙といえば〔鶏頭の十四五本もありぬべし〕も奇妙です。子規の［鶏頭］の解説（釈）の多様な賛否は、芭蕉の［田一枚］と異なり、俳句としての価値そのものに肯定と否定があり、肯定、否定とも俳句界成立に大きな問題点を提示しているようです。

　肯定側は、芭蕉以来久々の俳句革命を提起した俳句であり、価値の高い俳句である。否定側は、俳句として成立に至らない駄句であると、真っ向から否定し対決しています。この対決は今日まで続く俳諧大御所、文学者の解説（釈）であり、いずれに軍配が挙がるのか不明です。軍配の不明の中にいるだけでは、俳諧大御所、文学者の怠慢であり、芸術論争の停滞になります。

　それでは、ほかに解説（釈）はないのでしょうか？　苦労すればあるはずです。

　俳諧大御所、文学者の解説（釈）の枠内に留まることを拒み、安住の地を去り変化、革新を求めることは、強靭なこころと裏腹に寂しさ、不安と排除とを伴いますから、孤独感におちいりやすくなるので、苦労をしないのかもしれません。膵臓癌予診に比べれば明るい孤独感の苦労です。散りゆく紅葉の如く孤独に入りこんで、〔鶏頭の十四五本もありぬべし〕を今まで考えられたこともない全く新しい理（生）系的な面によって考えてみます。

1　［鶏頭］でなければならないわけ

　鶏頭の花を視覚的に思い浮かべますと、吐血した血の色　又は　肺臓（内部）そのものに類似していると同意して戴けるでしょう。少なくとも反対される方は少ないと思います。

　吐血した子規にとって、最も身近な想い、興味、関心、感動は、鶏頭になります。例え菊、コスモス、茜草、赤のまま、秋の七草、朝顔、うこんの花、うめもどき、萩、白粉花、がまほこ、鴉瓜、桔梗、紅葉、葛の花、くちなし、秋海棠、芒、千草、とりかぶと、芙蓉、彼岸花、水引の花、都忘れ、竜胆、等々が目前にあっても、鶏頭になるでしょう。心情的に同意戴けると思います。
まして、砂魚舟、花見客、句会に参加した俳人ではありません。

　病床六尺にあって、死期を予測（察）する子規の心理状態と発想環境とを解説（釈）の中に吸い込まない享受者は、生きた人の文学に程遠い存在として受け止められ、例え、高邁な言辞を述べても納得しかねない文学論になります。死期予測の経験をしたことのない創造的な死期では真実の死期がつかめませんから、当該句の真実に迫ることができませんので仕方がないと思いますが。林桂の〔鶏頭論（船長の行方）〕に引用している、長塚節、斎藤茂吉、志摩芳次郎、山口誓子、西東三鬼、山本健吉、大岡信、坪内稔典、塚

本邦雄、斎藤玄と林桂を含め恐らく死期を予測（察）する経験を持たない環境の中で、当該句の解説（釈）をしているのではないでしょうか。それぞれの方の解釈（釈）はそれぞれの時代や状況で述べているような気がしてなりません。

　膵臓癌と予診断される以前は、なんと唐突な句であろう、関心の低い句であろうと否定的駄句の範疇に入れていましたが、膵臓癌予診断による約１年の入退院検査を通じ、死期を予察した私は、病床六尺の身となり初めて、［鶏頭の十四五本もありぬべし］が文系＋理（生）系によって、わかるような気がしてきました。

　［死期を予察しますと］：陰鬱な言葉を避ける努力をする。縁起にこだわる。主観を内在し、客観を外在させる努力をする。病室と外界とを接合させて事象を考え表現することに関心が集中する。甘えの判定におちいりやすくなる。自己中心的な発想に成りやすい。無責任な考えが擡頭しやすくなる。が当面浮かびあがってきます。即ち、一般にいう文学論から逸脱する理（生）系の文学論が発生する傾向になるのです。

　肺結核の肺臓の形状と色に最も類似しふさわしい花は、鶏頭の花頭部になります。１本立ちで、きめこまやかで、雄姿（軍鶏）を見せる花は鶏頭以外に存在しません。

　肺結核とたたかう子規にとっては、弱々しい、可憐な、可愛い花ではなく、１本立ちで、きめこまやかで、雄姿をみせる鶏頭が最適の着眼発想の句対象になるのです。以上のことから、［鶏頭］が俳句の最適な着想になるのです。

　これで、同意されたと推察致します。少なくとも［鶏頭］否定から解放されたのではないでしょうか。

２　［の］のわけ

　鶏頭の――［の］は、［は］、［が］、［も］、［の］と所有、場所、命令、比喩等との意味を持っています。［は］、［が］、［も］を採るか、所有、場所、命令、比喩（この句の場合は所有になります）をとるかによって変わります。［は］、［が］、［も］のいずれかの１つをとれば、十四五本もありぬべしの［数］に繋がり、数の推量になります。［所有］を採れば、ありぬべしの［ぬべし］に繋がり、［鶏頭］の存在自体の推量になります。［の］は、享受者の解説（釈）に依存する曖昧さを持った性格になります。

３　［も］のわけ

　十四五本も――［も］は、ほかを包容する、詠嘆を表す、の意味を持っていて、俳句者自身が勝手に決めてかかって、ほかを包容し、詠嘆する傾向を持った性格になります。享受者がこの性格に、同意すれば［も］は、よく働き、同意しなければ甘えと受け止め

られ失格します。

　4［十四五本］でなければならないわけ
　十四五本――［十四五本］は、［も］を入れて、中七で最大の連続概算数値になります。
　十四五本は、子規の結核死期の予測（察）と妙に一致します。子規は、明治22年5月9日（23才）喀血したときから明治35（1902）年9月19日（36才）死亡まで、約14年間死期と向き合ってきたことになります。
　即ち、子規は、子規の死期が最大生きても喀血してから十四五年であろうと願望予測（察）をしていたのではなかろうか。
　［も］を入れた中七の連続概算数値の最小は、6、7本次いで7、8本最大14、5本になります。3組の連続概算数値で、子規の願望は、最大の十四五本になるのが当然であり、反論もなく、また、理的な話と受け止める人もいない、情的な中の理的な数値になるのです。膵臓癌予診時の窓辺からの私の句は［栗枯れ葉四五枚も舞ふ池の淵］でした。文学者、文学史家、俳句界大御所の解説（釈）した［十四五本］では、解決しきれない、死期を予測（察）した人だけが分かる［十四五本も］なのです。
　死期を内包し、死期を詠嘆する両者を客観し包含する数値、限定された季語と中七の数値に良く適合するのは、［十四五本も］になるのです。
　従いまして、［鶏頭の十四五本もありぬべし］によって、芭蕉、蕪村以後の革新を見得出したと言う賞賛（長塚節、斎藤茂吉等々）の句でもなく、高浜虚子の拒否する俳句でもなく、鶏頭の七八でもなく、子規の死期（後）への葛藤であり、人のこころの強さ弱さ、死の肯定への努力と諦め等々複雑なこころの内を詠んだ、客観と主観の融合した俳句なのです。
　秋の花の中で異様な形（鶏冠状と無数のこびりついた小さな黒光りする種）を持った鶏頭が最も良く子規のこころに適合するのです。鶏頭以外の配合は一切不要が、俳句の真髄（簡潔、大容量、余韻）に迫る名句となるのです。配合のない俳句が革新の具体例になります。複雑なこころの中を配合を用いないで表現した［十四五本も］のこころは、万人がいつの日か経験する死の予測（察）の中で近予測（察）者は関心と興味を持ち、魅力を感じ、一方、遠予測（察）者は死期の宣告が分からないから、謎と受け止めてしまいますので、否定を感じることによって、肯定と否定とに分かれると考えられます。
　以上のことから、十四五本でなければならないわけに同意されたと思います如何でしょうか。

5 ［ぬべし］のわけ

ありぬべし──の［ぬべし］は、推量、願望、命令（強制）の意味を持っています。

推量：鶏頭＝肺臓は十四五年もつだろう。

願望：鶏頭＝肺臓は十四五年持ってくれればよいのだが、もちこたえてくれ。

命令：鶏頭＝肺臓よおまえは十四五年は持ちこたえなければならない。

勿論、当然、長寿の欲望を心のどこかにもちながら、奇跡を待ちながら。

　［ぬべし］の中に内包した主観と十四五本の中の最大値を求めた客観とを融合させた俳句革新の具体例を［ぬべし］によって、1例を開示しているのです。注：［あり］は、［有る］の四段活用の連用形です。

　膵臓癌予診の私は、辞世の句をと努めましたが作れませんでした。作れたのは駄句でした。いくつか並べますと。

　夕立は余韻を残し消えて行く、遺書かきて封筒重し夜半涼し、栗枯葉四五枚舞ふも池の淵、淡雪や青筋あわれ針の跡、生きている出窓雪音と点滴音、雪降るか体温計の温きこと、医務室に一点下がる初暦、ノンレムに点滴音と猫の恋、点滴に守られつつも春気配、［鶏頭の十四五本もありぬべし］の［ぬべし］の境地に入れない拙さと限界です。

6 ［本］のわけ

　十四五本──の［本］は、細長いものを数える場合に用いる数の単位の意味を持っています。展覧会に出品する菊盆栽は本仕立てと呼ぶ場合もありますが、庭に栽培する菊の単位は株の方がよさそうです。コスモス等そのほかの秋の花も同様なことがいえます。そのほか、茎、幹、列等々がありますがこの場合は不適当といえるでしょう。鶏頭は、細長く主花1つがはっきりと区別でき1本（1直線）になります。庭に植えてある秋の花で［本］の単位に合うのは、鶏頭だけと言っても良いでしょう。

　文学的表現内に閉じもこもるだけでなく、理（生）系的表現の信憑性の有無にも広がりを求めて俳句するとすれば、［本］が最適になります。

7　子規病床をみつめて

　主観＋客観の融合を理念として、文系＋理（生）系の俳句を提唱した一例が［鶏頭の十四五本もありぬべし］に表れているのです。これが子規の俳句革新の原点になるのです。芭蕉、蕪村の俳風を批判し新たな俳句を生んだ核心は［文系＋理（生）系の融合］の俳

風なのです。

　死はいやぞ其きさらぎの二日灸、糸瓜咲て痰のつまりし仏かな、痰一斗糸瓜の水も間に合わず、をととひのへちまの水も取らざるき、の俳句を見つめ、子規の死の肯定（－n×n）への転化となる俳句は、芭蕉の負（－n×－n）環境の肯定への転化と並んで永久性を持った俳句革新者として、一過性を容認する現在の俳句界への警鐘になります。注：nはⅤ章・俳句落柿参照。

　桑原　武夫の［第2芸術論］を理（生）系的見方を加えてもう一度考えてみることが大切になります。

　〔鶏頭の十四五本もありぬべし〕の可否を問う前に、例えば〔ほととぎす〕王国を築いた虚子の句〔流れ行く大根の葉の早さかな〕（昭和3年）を問うべきです。

　大根の葉は、人参、白菜、蕪菜、一文字（葱）、冬草等々でもよいのではないか？　を問うた方が常道ではなかろうか。入選を唯一とする俳人の狭心から、批評の考えが途絶えたのだろうか。冬は、一般に渇水期（冬早の季語があるように）であり、流速が一番遅い季節になりますから、〔早さかな〕は理系的季節に無理があります。もしも、老いやすく、梧葉（桐）の感じで、遅いと思っていたら早かったので、意外性を感じ詠んだとすれば、俳壇の大御所の作句としては小さすぎます。例え、増水の異常季節があったとしても、〔早さ〕では一過性の俳句連想になります。

　〔早さ〕が〔遅さ〕になりますと、大根の葉と水の流れと成合の実相が顕現されることになります。大根特有のぎざぎざと透通った無数の小刺とを持った葉が回転し、葉と葉がぶつかり合い、石や川草にぶつかり、川の流れのままに浮き沈みしながら流転し、やがて、形なき終焉への無常感が連想され、速度の気配として〔速さ〕は理（生）系的季節にもかない、大根の葉のぎざぎざと小刺（生物の特徴）が適合し、大根の着想になり、句全体が抵抗感なく世の環境に、人のこころに融合します。〔桐一葉日当りながら落ちにけり〕（明治39）と比べて戴ければ納得されよう。

　21世紀の俳句の進むべき道の一つとして、主観と客観（文系＋理（生）系）を融合する俳句の想造があると考えられます。具体例として、芭蕉の負の肯定（第3象限）、子規の死期の肯定（第4象限）を不易とする流行があります。虚子王国の〔ほととぎす〕の発展統一された群雄割拠の現俳壇（第1象限）と人の好意に甘んじる生活を期待する良寛の俳風（第2象限）は、世界化、核家族化、ゲノム化、ＩＴ化等々の時代到来による人間関係の不在化、個人化、科学化、競争化等々によって不適合になり、益々一過性（俳句の自動生産、表1　一過性の俳句生産ノモグラム一例　表（知識型ＡＩ）・93ページ（80）参照）を増していくでしょう。21世紀に適合し永久性を持つ俳風は、第3,4象限の俳句になるでしょう（図12〔鶏頭の十四五本もありぬべし〕の解説（分析）流れ図・97ページ参照）、（参考図　芭蕉俳諧（句）の有様と環境・106ページ参照）。

まとめ

　物数理（生）学的に矛盾する作句は、一人よがりの俳句であり永久性、時代性がなく、物数理（生）学的知識、経験に欠ける文学者、選者の解説（釈）または、選句は核心を突きがたく、惰性に陥りやすくなります。

　理（生）系学的な事象を避ける日常在間の作句は閉塞であり、妥当性に欠ける俳句になるＡＩ時代がやってきたことを気づくべきです（肺結核死の恐怖がなくなった時代です）。〔鶏頭の十四五本もありぬべし〕は生き返ったのです、生き返って21世紀の俳句の原動力になるのです。そして、21世紀の俳聖の出現を得て、俳句は永遠に発展するのです。

おわりに

「宙返り何度もできる無重力」(向井千秋)、「瑠瑠色の地球も花も宇宙の子」山崎直子、宇宙飛行士の句です。

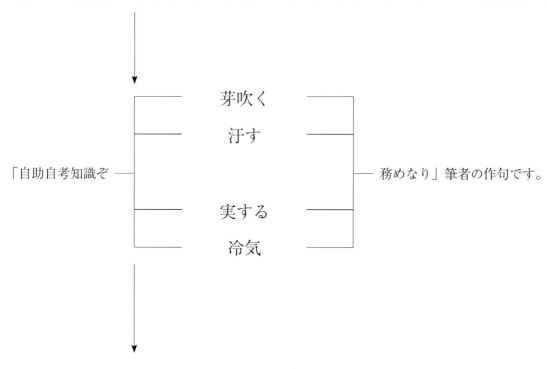

俳句か、格言か、標語か、川柳か。

あなたの享受はいかがでしょうか。
かえりみて、「落柿は世事の氣配のこたえ哉」

渡邊 清（わたなべ きよし）

1931年6月15日生まれ
1956年　日本大学理工学部土木科卒業
防衛庁陸上幕僚監部施設課研究班長
防衛庁陸上幕僚監部調査部研究地誌班長
防衛大学校地形学教授等、教授歴任
日本書道普及連盟「師範」、俳画（句）歴40年
俳画指導歴15年
現在、地政学を自宅研究中
測量士（1962年5月31日）
勲四等旭日小綬章（2001年11月3日）

主な著書
『建設機械と土質』日本工業出版社　　『地形図による地形の複雑さ、利便さの計測手法』防衛大学校
『俳画のこころ』日貿出版社　　『和風美と黄金比』東銀座出版社　　『和風書の原理と具現』芸術新聞社

『ＡＩ俳句とこれまでの俳句』

2019年11月29日　　第1刷 ©

著　者　　渡邊 清
発　行　　東銀座出版社

〒171-0014　東京都豊島区池袋 3-51-5
TEL03（6256）8918　　FAX03（6256）8919
https://1504240625.jimdo.com

印　刷　　創栄図書印刷